林继中 / 著

林继中
文艺随笔选

中国華僑出版社
·北京·

图书在版编目（CIP）数据

林继中文艺随笔选 / 林继中著 . —北京：中国华侨出版社，
2017.10（2024.5 重印）
（漳州当代名家作品丛书；一）
ISBN 978-7-5113-7048-8

Ⅰ . ①林… Ⅱ . ①林… Ⅲ .①随笔－作品集－中国－当代
Ⅳ . ① I267.1

中国版本图书馆 CIP 数据核字（2017）第 226105 号

林继中文艺随笔选

著　　者：林继中
责任编辑：刘晓燕
经　　销：新华书店
开　　本：670 毫米 × 960 毫米　1/16 开　印张：16　字数：100 千字
印　　刷：河北省三河市天润建兴印务有限公司
版　　次：2018 年 1 月第 1 版
印　　次：2024 年 5 月第 3 次印刷
书　　号：ISBN 978-7-5113-7048-8
定　　价：58.00 元

中国华侨出版社　北京市朝阳区西坝河东里 77 号楼底商 5 号　邮编：100028
发 行 部：（010）64443051　　　传　　真：（010）64439708
网　　址：www.oveaschin.com　　E － m a i l：oveaschin@sina.com

如果发现印装质量问题影响阅读，请与印刷厂联系调换。

自序

在作者比读者还多的时代，作品只好像"三更雨"一样，任它"空阶滴到明"了。

只有作者还怀着侥幸："或许它们是种子，值得秋收冬藏？"

于是收集、细读，整理出版。

不知还有没有喜欢看旧相册的朋友？

是亦为序。

林继中

目录

文化隔膜

读西洋人解中国诗，往往惊异其感受之新鲜，真是"匪夷所思"。如庞德（非斗关羽之魏将也，乃美国意象派诗人也）将李白的诗句"惊沙乱海日"翻译成："惊奇。沙漠的混乱。大海的太阳。"这恐怕也属于"错得好"一类。有些则令人啼笑皆非，如美国汉学家斯蒂芬·欧文的《追忆》（上海古籍出版社出版），他解读唐朝诗人杜牧的七绝《赤壁》（"折戟沉沙铁未销，自将磨洗认前朝。东风不与周郎便，铜雀春深锁二乔。"）说："这首诗的美，就在于进入后两句诗时思维运动出现的倾斜……要是春日的东风不是为周瑜提供了方便，帮他把火船吹进曹操的舰队，那么，曹操就会打败吴国，把乔氏姐妹带回他的后宫。如果是这样，那么，曹操死后，同样是春日的东风就会吹绿铜雀台周围的草叶，铜雀台中幽禁着二乔，二乔春心荡漾，由于曹操死了，这种欲望永远得不到满足。我想，从小就生长在中国本土的中国读者是读不出如是新意来的。西方人喜欢用弗洛伊德的学说解读文学作品，所以从杜牧诗中读出这些新鲜感受来也不奇怪。

　　我只是从中得到两点启发：一是读者可以从文本走出多远？读者当然有权也应当发挥其联想力，没有读者的参与，文本便没有生命。然而"联想"的一端必然要系在文本这根桩上，另一端让想象风筝也似的纵情飘离，只是风筝一旦断了线，读者的想象完全脱离文本意象所提供的暗示或规定，那么这就不是阅读与再创作，而是另起炉灶的别一种创作——如《金瓶梅》中的西门庆、潘金莲，与《水浒传》中的描述是两码事。也因此而有了启发之二：读者如果与文本处于两种截然不同的文化氛围之中，就往往会有隔膜，好比聋子隔河喊话，各说各的，互不相干。

　　由此我又想开去：将血输入异体时，应注意两种血型可否兼容；而用西方文论解说中国文学时，也应注意两种文化可否沟通。通于可通，容于可容，则无不成。

原载《福建日报》，1995.10.24

———• 电视与书 •———

　　我无疑是个"读者"，但有时也兼任"电视机前的观众朋友"。日复一日，相安无事，天下太平。直到某日随手翻翻美国一位评论家罗伯特·休斯写的《新艺术的震撼》，这才震撼于书籍与电视的效果竟有如许大的不同。在这部被西方公众誉为美术界的"第三次浪潮"的书里，休斯指出："我们不会像细看绘画那样地细看电视，也不会像检查中国花瓶那样地检查电视。它的一时鲜明的信息和形象的命运就是经过均衡器倾泻出来。它们像辐射一样——实际上它们就是辐射，是无处不在的。"的确，书就像是一位老友，随时可谈心；电视呢，则"一时鲜明"，像肥皂泡美而易逝——即便是反复出现令人不胜其烦的广告形象，也难给人深刻的印象。电视似乎很"民主"，你不愿看可以随便换频道。其实呢，你换来换去仍在电视节目中，你始终逃脱不了是个"电视机前的观众朋友"。正如休斯所说："多少亿人每天就这样消磨着时间，他们从这个频道转到那个频道。"它几乎垄断了宣传对象，许多"读者"都易帜为"观众"，于是"作者"也纷纷改行为"编导"，"主持人"也就成了当今凌驾于任何"主编""社长"之上的时代宠儿——你可能不认识总统，却不能不知道热门节目主持人。抗拒是没有用的。知识分子终于有点醒悟了，有一批人开始去适应它、占领它。

书呢，书怎么办？我看会是"有惊无险"。丢了皇位仍不失为贵族。书的恒定性、静止性是电视轰击所不能取代的。你有没有注意到，频频地换频道（须知电视的可选择性是很有限的）会使我们无意间将许多并不协调的形象拼接成"蒙太奇"？这些颠来倒去的画面使我们眩晕，乃至如休斯所说："全社会都学会了以迅速的蒙太奇和并置的方式来假想地体验世界。"这种对形象的随意处置会"把我们从现实本身隔离开；使我们与现实疏远。因为它把一切东西变成一次性消费的景观：灾祸、爱情、战争、'肥皂'"。

休斯并非在耸人听闻，电视倾泻大量信息的确使人眼花，无形之间使人们对艺术形象不再是那么认真地看待了。"一次性消费"已从餐巾纸、快餐盒、注射器、包装袋泛滥到艺术形象。无疑，这将助长一种只讲短暂行为的价值观。"它（指电视）的部分文化效果是它的形式产生的而不是它的内容产生的"，休斯如是说。这话似乎讲得绝对了些，肤浅、无稽、调侃的内容当然要使人疏远热气腾腾的当今社会现实，不过电视特殊的形式所具有的效果尚未引起我们足够的重视也是个不争的严重事实。如果我们的电视节目创作者能充分注意到这一点，从而精心地制作他们的节目，在大量倾泻的信息中尽力减少随随便便的东西，让大多数制作者、主持人心中树起像"绿色和平部队"保护自然环境不受污染的那份责任心、天职感，那么，电视的消极面将大大缩小。还愿"电视机前的观众朋友"也能时而当当"读者"，兴许书能帮你静下心将"电子碎片"凝成一个完整的画面。

原载《福建日报》，1996.02.29

—· 通俗、庸俗及伪劣"民俗" ·—

　　还是那个罗伯特·休斯写的《新艺术的震撼》所引发的感想。对于波普美术，休斯引了汉密尔顿的话，说是波普应当是"通俗的（为广大观众设计的）、短暂的（短时间解答的）、可消费的（容易忘记的）、便宜的、大批生产的、年轻的（面向青年的）"等等。精彩之处乃在于休斯指出："这样的美术不能由人民群众来创造；它不是民间美术……它是由'受过高等专业训练的专家为广大观众'创造的。"

　　世上许多事物原就似是而非，有些是善伪装，如木叶蝶、变色龙；有些是善攀附，如寄生藤、寄居蟹。如果不细加辨认，就会误甲为乙了。常说的"雅"与"俗"也属此类。雅，有与低俗相对而言的"高雅"，有与粗俗相对而言的"文雅"，等等。俗呢，有通俗、俚俗，还有粗俗、庸俗。虽然都叫"俗"，但性质其实不同。通俗，是指其大众化。正因其大众化，所以难免鱼龙混杂，往往会让一些俚俗乃至庸俗的东西附着其上，终于"淡红乱朱紫"，误认"庸俗"即"通俗"，进而错以"庸俗"直指"大众化"。

　　我无意对波普美术进行评价，我只是体会到休斯高明之处就在于善于辨析，能指出波普的通俗性并非来自民间，"它是由'受过高等专业训练的专家为广大观众'创造的……它长得类似它所赞美的东西——广告和复制广告的手段。"这就使人明白了"波普美术远不是大众的美术"，它真正的母亲不是大众，而是"广告文化"。

　　这种"通俗化"不是真正的"大众文化"，而是"大量文化"，即可以大量生产的文化，它不是以提高艺术和繁荣文化为目的，而是以资本增值为目的。由是看来，对一些似是而非的东西先做一番辨析工作是很有必要的。

原载《福建日报》，1996.03.28

——·现代人考·——

有些想当然的事却并不当然。比如生活在现代的人当然是现代人啰，可是，不！心理学家荣格就有自己的看法。在《现代人的心灵问题》中，他指出：一个人不能单凭生活在今天就有资格称现代人，"事实上，只有当他已经漫步到世界边缘，他才算是一位名副其实的现代人。"也就是说，现代人的本质特征未必是长发、光头，调侃、冷漠，消费、拜金，或别的什么；现代人最基本的特征是"已经漫步到世界边缘"，也就是对现代最具感知性，代表着当前最先进的思想行为的那一部分人才称得上是真正意义上的现代人。因此，现代人应当是一位不从俗的人，他"应该是不模仿他人，安于贫困，而且更痛苦的是不慕虚荣"。

由于职业上的方便，我有幸接触到各类年轻人。他们正处在"精神的诞生"期，他们一心想突破父母师长的羽翼，想拥有鲜明的个性，这是件可喜的事儿，说明年轻人在成长。然而，有时这种努力适得其反，张扬个性却只学会了赶时髦；突破包围却落入信息垃圾之阵而迷失了自我。不少人误将空虚认作现代人的冷漠，失去责任心便是"潇洒"。他们将说电视里的话、穿模特儿的衣、梳明星的发型、跟着时髦走误认作"现代化"。更糟的是以讹传讹，人人都将手持大哥大、进出卡拉OK场所认作鉴别"现代人"的标识，于是乎认假作真，仿假成风，诚如吾闽前贤李贽《童心说》中的一段描绘："以假人言假言，而事假事，文假文"，假与假会，"而以假言与假人言，则假人喜；以假事与假人道，则假人喜；以假文与假人谈，则假人喜。无所不假，则无所不喜"。好个快乐的假人世界！而被摒诸这假人世界之外的不慕虚荣的真现代人反倒成了"现代"的"落伍者"。

据说古人鉴别人鬼，是看能否刺出血来。你能为现代社会刺出血来吗？我们不妨也效此法鉴别一下假现代人、仿现代人与真正的现代人！

原载《福建日报》，1996.07.18

── • 也说说麦当劳 • ──

　　说到生意经，历来总说"无奸不商"，与兵家"兵不厌诈"一样，成了传统道德的特殊补充，是"完全可以理解的"了。最近买了一册"商业范本"《快餐帝国麦当劳》（非卷起裤脚准备下海，聊翻翻耳，熟人无忧），这才重新掂量一下这句古老话。

　　查该书第二章第二节题曰："有时要站在顾客的立场上"。说的是"麦当劳王国"未来"国王"雷蒙德·克罗克当时任纸杯推销员，于一九二四年冬天在纸杯生意不景气的情况下，有老主顾订了十万只纸杯，这自然是打着灯笼也找不到的好事儿，而雷却查看了主顾的仓库存货，然后说："詹姆斯先生，我建议你不订那么多纸杯。""为什么？"顾客倒蒙了。"今年冬天你的纸杯足够用了，要是再订一批，造纸资金积压，没有什么好处，待明年开春暖和后，我会再来的。"真是匪夷所思。但细细一想，又有谁愿意长期与只顾掏顾客兜里的钱的家伙打交道呢？只有让顾客信任你，长期的买卖关系才能维护，"金鸡母"才会天天为您生蛋。

　　再翻过去，就这儿——一九八五年，日本。东京抵大阪的弹头电车新干线工程动工。麦当劳也开始悄悄算了一笔账：新干线意味着速度，三年后干线完工，将使日本国民生活节奏随着高速的弹头电车而加快。时间！速度！快餐！这就是逻辑。于是依据"抢先占领"的原则，麦当劳在一九八五年以众多快餐连锁店抢占滩头，"创造了吃面包的新一代日本人"。利己也利人。

　　这本书好就好在部分地介绍了商战中应有的商业道德，指出利己不一定要损人。不使诈，只凭智慧与机遇也可从商，"无奸可商"。随着国民认识水平的提高，我相信，极端利己主义将在商战中愈来愈不能利己，一味使诈坑人，到头来用得着这句话：吹灯拔蜡，卷铺盖走人！

原载《福建日报》，1996.07.04

——· 大块文章 ·——

在黄山云海上看奇峰"梦笔生花",如此巨笔只能铺大地为稿纸了,恰好摩崖上正刻着:"大块文章"。其典当出自李白的《春夜宴从弟桃花园序》:"况阳春召我以烟景,大块假我以文章。"大块,大地也;文章,这里不是指文辞,而是指华采,意为大地为我提供了美景。然而面对"梦笔生花",此情此景,不妨将它"误读"为大地便是一篇读不尽的大文章!

古人早就将读书与大地相联系了:"行万里路,破万卷书"。你看郦道元的《水经注》,徐霞客的游记,张岱的《陶庵梦录》等,哪一部不是读大地这篇大文章的"读书笔记"?所以对此我无异议,只是于如何"行"与如何"破"犹有说焉。

"行万里路"有好几种类型。比如说"驴打磨",绕着磨盘绕圈圈,日长月久,也会是"行万里路"的,可那毕竟是原地打转,不断重复自己,并无进步可言。在健身器上跑步亦归于此类。

　　读书也一样，只有量上的"破万卷"，而无跳出书中圈缋的"破"，与"驴打磨"式的重复有何差别？据说历史学家顾颉刚曾开玩笑说："你会背诵《资治通鉴》？那您只值十八块大洋。"（当时一部《资治通鉴》大概是卖十八块。）有无此事并不重要，重要的是，他道出了单单"记"还不是读书真价值这个道理。看来，著书难，读书亦不易。实际上"行万里路，破万卷书"之妙，全在"行"与"破"间的互动。盖"破万卷"者，是量的积累，然而"食古不化""死于句下"的量是死的量。而作为阅历的"行"，往往是"破"的推动力，好比液体汽化所需之"汽化热"，能使学问化为学识，跳出"尽信书不如无书"的圈缋，超过"十八块"的价值。然而反过来，不读书，胸无点墨，则行万里路有时也难免要"驴打磨"，"身入宝山空手归"。这次下黄山，恰逢一游客，惘然问我："这黄山到底有啥看头？"愕然之余，乃答曰："你说呢？"

　　是以严沧浪论诗教人以"妙悟"，曰："夫诗有别材，非关书也；诗有别趣，非关理也。然非多读书，多穷理，则不能极其至。"将图书馆中的小书放在大地的册页上合读，则文质彬彬矣！

原载《福建日报》，2001.04.20

———• "非主流"问题 •———

读学生论文,有一处说到某问题是"非主流"现象,故"不作深论"云,不觉掩卷而思。

《老子》云:"祸兮福之所倚,福兮祸之所伏。"主流与非主流也是可转换的关系,许多未来的主流就蛰存在非主流中。作为一个研究者,要善于发现此类"非主流"现象,而非作深论不可。陈寅恪《隋唐制度渊源略论稿》就曾经对中原动荡时期处于非主流地位的河西儒学深表关注。认为:"惟此偏隅之地,保存汉代中原之文化学术,经历东汉末、西晋大乱及北朝扰攘之长期,能不失坠,卒得辗转灌输,加入隋唐统一混合之文化,蔚然为独立一源,继前启后,实吾国文化史之一大业。"这一深论,直指中华文化不死的精神。事实上,任何新事物都曾经是"非主流"现象。

"非主流"之非深论不可,还在于其中可能潜伏着一些具有破坏性的东西,如因其非主流而忽视之,使其坐大,则可能闹大乱子，甚至吞噬主流。鲁迅《且介亭杂文》中收有一篇《阿金》，写的是一个善于撒泼无事生非的女保姆。鲁迅一向尊重妇女，为下层劳动者说话，但这个阿金却"动摇了我三十年来的信念和主张"，原因就在他对"非主流现象"作了深论："我一向不相信昭君出塞会安汉，木兰从军就可以保隋；也不信妲己亡殷，西施沼吴，杨妃乱唐的那些古老话。我以为在男权社会里，女人是绝不会有这种大力量的，兴亡的责任，都应该是男的负。但向来的男性的作者，大抵将败亡的大罪，推在女性身上，这真是一钱不值的没有出息的男人。殊不料现在阿金却以一个貌不出众、才不惊人的娘姨，不用一个月，就在我眼前搅乱了四分之一里，假使她是一个女王，或者是皇后，皇太后，那么，其影响也就可以推见了：足够闹出大大的乱子来。"真是不幸而言中，上世纪中叶，不就另有一个"阿金"闹出大大的乱子来吗？可见"非主流"现象非深论不可。

　　顺便说一下，有好作品还得有好读者。发现《阿金》的重要性，并力主选为鲁迅代表作的，是厦门大学已故教授郑朝宗先生，他有篇《读〈阿金〉》，就收在《护花小集》中。

原载《福建日报》，2002.08.12

── • "惧"的辩证法 • ──

读王夫之《宋伦》，心有戚戚焉。

在秦皇汉武唐宗宋祖中，宋太祖立国是最没有本钱的一个。他出身既非世胄大族。又非重臣巨奸、泼皮无赖，只是骄兵悍将一时之选而猝然黄袍加身，有很大的偶然性。王夫之据此分析道：

"一旦岌岌然立于其上，而有不能终日之势。极不重，故不敢以兵威劫远人；望不隆，故不敢以诛夷待勋旧；学不夙，故不敢以智慧轻儒素；恩不洽，故不敢以苛法督吏民。"

正因为有了这"四不敢"，才有了宋太祖著名的"三戒"：一保全柴氏（被推翻的旧政权）子孙；二不杀士大夫（对士大夫实行废除死刑的政策）；三不加农田之赋。"三戒"迅速有效地稳定了宋初社会各阶层的人心，是王夫之所谓："以忠厚养前代之子孙，以宽大养士人之正气，以节制养百姓之生理。"一个"养"

字，道出宋太祖的深远谋略，造成北宋文化、经济超越前代的繁荣。这就是东方"柔弱胜刚强"的智慧。

关键就在一个"惧"字。忧患使人思考。"惧以生慎，慎以生俭，俭以生慈，慈以生和，和以生文。"王夫之认为由弱转强化短为长的内在反拨力，就在于虽惧而不自废，"战战栗栗，持志于中而不自溢"。如果只是一味地"惧"，自然于事无补，加速崩溃。只有"持志"，惧不自废，才会产生虚心、耐心、自信心。恰好近日因学术会议之便，在北宋与西夏交锋的古战场上拾得一例，可资说明，容我道来。

银川郊外。西夏王陵似簇立的馒头，托在莽莽苍苍的鄂尔多斯草原这一个翡翠大盘上，迎向绚烂的落日，默默地祭奠着远逝的历史——那昔日的辉煌。就在这片土地上，曾崛起过强大的西夏，是北宋西北疆的威胁。英勇善战的西夏王元昊，多次重挫宋军。公元 1041 年好水川一役，面对宋名将夏竦、韩琦、范仲淹，元昊展示了非凡的军事才能。韩琦力主集中兵力与敌人决战，在战略上首先就不合敌强我弱的形势，又因大将任福轻敌冒进，在好水川陷入夏军包围。为了判明守军在丛林乱山中的准确位置，足智多谋的元昊在各路放置了木匣子，匣内装军鸽。宋军得匣，匣中有声响，便好奇地打开匣子，一时群鸽腾飞，元昊因此判定宋军位置而合围。任福战死，宋军惨败。

所幸的是宋朝廷能由此而生惧心，因惧生慎，采纳了范仲淹的意见，对战略作了重大的调整，注重关内的充实，并实施积极防御，即招抚本地党项羌与进筑边防堡寨相辅而行。单范氏在庆州任上，就亲自进筑了铁边砦、白豹寨等系列堡寨 29 座，并于巡边时与当地属户蕃官结盟立约，取得他们的支持，有效地加固边防；同时于防中有攻，进逼横山，断西夏右臂。西夏士兵相诫云："小范老子（指范仲淹）腹中自有数万甲兵。"

范仲淹腹中所贮，并非数万甲兵，而是一颗"先天下之忧而忧，后天下之乐而乐"的仁者之心耳。这就是"持志"。惟其以天下为己任，所以有惧心——忧患意识是也；又惟其以天下为己任，听以能化惧心为虚心、耐心、自信心，"苟利国家生死以"，无所畏惧。惧与不惧，在此分界。所以获此心者往往能突破自身的局限，做出惊人之举。如宋另一名臣赵普，史载是个性深沉、有岸谷、多忌刻的人。然而，一旦以天下为己任，则表现出存大节的一面。《藏书》卷 14 有云：

"（赵普）尝奏荐某人，太祖不用。明日，复奏，又不用。明日，又以其人奏。太祖怒，碎裂奏牍掷地。普跪而拾之，他日补缀旧纸，复奏如初。又有群臣当迁官，太祖恶其人，不与。普坚以为请。太祖怒曰：'朕固不与，卿若之何！'普曰：'刑以惩恶，奖以酬功，且刑赏天下之刑赏，陛下岂得以喜怒专之！'太祖怒甚，遽起，普亦随之。太祖入宫，普立于宫门外。竟得俞允，乃退。"

伴君如伴虎，而赵普为"天下之刑赏"敢当君主之盛怒而生死，感人至深！回首今日，多少人该惧不惧，顶风而行；不该惧却惧甚，首鼠两端，战战栗栗。可以故？无理想，失权衡，不能"持志于中"故也。只有深深畏惧大众利益受损的人，才会真正无所畏惧。

原载《福建通讯》，2003.12

失策：急于黎庶缓于权贵

——点评梁武帝

昏君、暴君会失天下，勤政、饱学、精明、文武全才之君制策不当，也同样会失天下。

在近四个世纪"城头变幻大王旗"的魏晋南北朝乱世中，梁武帝萧衍也算得上是个曹孟德式的枭雄。他代齐时年方三十四，龙廷一坐就是四十七年。他的军事才能据历史学家说，与刘裕（刘宋开国之君）、萧道成（萧齐开国之君）不相上下；文才更是南朝诸帝望尘莫及——他是著名文学集团"竟陵八友"中的一员，著有《周易大义》廿一卷、《尚书大义》廿卷、《毛诗大义》十一卷、《礼记大义》十卷、《通史》四百八十卷、《乐论》三卷、《兵书》一卷、《诗赋集》廿卷，且精于佛典。连他的敌人都说："江东有一吴儿老翁萧衍，专事衣冠礼乐，中原士大夫望之以为正朔所在。"

"会不会是个书呆子？"不，他的政治手腕相当老辣。开国之初，他就善于分化瓦解旧政权，严厉打击萧鸾一支后裔，直至斩草除根；同时对受前朝挤压的萧道成一脉谪系子孙进行拉拢，个个给官当。对社会上有很高地位的名门望族则表示尊重，让他们当清闲的高官，而有实权的职位则让有实干才能的人（无论是士族还是寒门）去当。他甚至打破百余年来歧视南人的偏见，大胆起用干练的孔休源任重镇扬州的刺史。可见他精明得很。

"会不会是个腐败分子？"也不。他的私生活几乎"无可挑剔"：寒冬腊月，四更天就起身批文件，手为皲裂；衣布衣，不饮酒，不近女色，唯好读书。

可这样勤政、饱学、精明、文武全才的皇帝居然"自我得之，自我失之"，开创之主又是亡国之君，在中国史上实属罕见。一盘棋的输赢，往往不是因为哪一步走对了还是走错了，而是从第一步起就在营造成败。所以，明末清初的思想家王夫之指出：梁武帝"唯开国之始，无长虑以持其终，愈流愈下而极重难回也。"梁武帝开国伊始制定的大政策已种下亡国的祸根。《隋书·刑法志》指出，武帝立国之本是"敦睦九族，优借朝士"。也就是说，他认定立国的基石是亲贵而不是百姓。所以他对皇亲与权贵百般纵容，以换取效忠。举个例子，其侄儿叛国，后因对方冷遇又回来，武帝想用"骨肉恩爱"感动之，便哭着数落了一番，然后还他西丰侯爵位——后来正是这个宝贝用船将叛军渡过长江、攻入宫城。武帝又纵容官吏搜刮民财，任意挥霍，为官一方则祸烈一方。他以为只要与这些"骨肉""老部下"抱成团伙，便可国运长久。殊不知，以利相交必以利相残，他的宠信无度反而鼓励这些人野心膨胀，乃至武帝以耄耋之年被困台城，粒米未进，而城外各路"骨肉""老部下"的援军三十万却按兵不动，大伙一心等叛军杀了老皇帝，以便哄抢帝位！

"民可载舟，亦可覆舟"，这个道理几乎是老生常谈了，可是接踵而来的帝王老是要绊倒在这道铁门槛上！昏君如此，精明之君也难免如此。梁武帝看到的只是国家机器的有形力量，却看不到民心向背的无形力量。为了讨好权贵，他不惜牺牲老百姓的利益，置百姓于水火之中。老百姓对于他，只是供食用的牛羊，这就使他的勤政、节俭、慈悲、谦恭一切都化为虚伪。

梁武帝独特之处还在于，他的虚伪是"真诚"的。晚年的武帝溺于佛教，而佛教许人以无论多大的罪恶，只要忏悔，就能一念消之。武帝一天只吃一顿菜羹粗米饭，大事营造佛寺佛塔，单京都就有佛寺五百余所，穷极宏丽。他还常舍身佛寺，再由臣下赎回。单这项赎金就支付寺院钱四亿。所以武帝有恃无恐，对民不聊生、杀人盈野的罪过心安理得。有一次大臣贺琛上表指出他的四大恶政，武帝大怒，举出自己的节俭以反驳，自以为问心无愧。有了这样的心态，再精明的人也要变成蠢才！有个老百姓曾一语道破天机："陛下为法，急于黎庶，缓于权贵。"对百姓无情压迫，对权贵放纵优容，这就是梁武帝最基本的国策，也是最大的失策，使这个勤政、饱学、精明、文武全才之君连个庸主也赶不上。《南史》史臣曰："自古拨乱之君，固已多矣，其或树置失所，而以后嗣失之，未有自己而得，自己而丧。可为深痛！可为至戒！"

原载《福建通讯》，2004.06

—— • 说世新语 • ——

过分的关心令人警惕。

莎翁说："健儿身手，学者心灵。"注：学者大多有社会良心，但"学者"也有"伪劣产品"，仍需防假。

慕虚荣者必浅薄。

诽谤者有时看上去义形于色。

有时候你最厌恶的东西会从你自己身上显现。

我们可以让千年古莲籽发芽、舒叶、开花，却无法使骷髅再现少女的红晕。

人的思维能力的增长与好奇心有关，思想是人们窥伺宇宙时发明的天文望远镜。

蛇蜕皮绝不是不要皮，相反，它要一张更大更新的皮。

文学反映现实，好比倒影之于池中。池中倒影虽然是反映岸上的实景，却可以平实，可以晃动，可以扭曲，可以幻化交融……

原载《闽南日报》，1995.04.21

── · 文化快餐与快餐文化 · ──

　　世界是愈来愈精彩，世界是变化愈来愈快，愈来愈复杂。岂止让人目不暇接，简直穷于应付。不过，对付快速变化的大千世界，人类自有绝招：化繁为简。君不见计算机处理信息乎？一切的一切统统用"比特"，化为二进的 0 和 1，"下一转语"便"九九归一"。简化是现代精神。于是乎现代生活中便充斥着快餐盒、塑料袋、电子表、圆珠笔……如今是"一次性"消费的世界。用完即扔，快刀斩乱麻，干净利索。然而，随之人们的浮躁情绪也就浮上社会了。且不去说人家发达国家如何如何，就近几年才"现代"起来的我们，不也已经如此这般？做生意的猴急着要一家伙超过李嘉诚、比尔·盖茨——赚小钱您就甭提；搞学问的刚上研究生就想"眼一眨，老母鸡变鸭"，一步到位成名家；谁还来发"百年大计"的昏？浮躁使文化快餐一转成了快餐文化。

　　花开万朵，单表一枝。现在西方文化是潮水般一波又一波涌进，各种"主义"纷至沓来，你未卸妆我已登台。你说面对如此盛宴能不用快餐盒？问题是文化快餐自是难免，快餐文化

"臣期期以为不可"。盖一种文化有一种文化的背景，输入外来文化好比输血，要对血型。不经过相当时间的了解、验证，又岂能融而为一？印度佛教自汉代流入中国，历千百年的磨合，才在唐后期成为中国式的佛学禅宗，在中国本土立定脚根。吸收一种外来文化谈何容易！所以品尝外来文化快餐切忌浮躁，它会使你成为饕餮。

饕餮者的特征是王元化先生所批评的："随手乱抓。"不管到手者为何物，便生吞活剥虎咽狼吞。其病灶仍在"浮躁"二字。既然要"一步到位"，就得"急用先学"，静不下心来系统地看，里里外外搞个明白，文章一发表，"用完即扔"，再去抓另一个。许多人说西来物不合国情，其实首先是"国情"与"西来意"都还没弄清。

浮躁恐怕是中国士大夫的老毛病了，许多事都坏在这上头。王夫之曾严厉批评明朝士大夫的浮躁激切，少雍容，少恢宏气度，少常心恒性。包括"精英"如海瑞、东林党人尚且不免，庸论他哉！的确，即使动机纯正，也须有不忮不忍的心态，才会有好效果。心浮气躁往往将事办砸。就以当下"炒人才"论之，"人才"们急于"一步到位"，要人才者又揠苗以助之，这样的环境岂利乎人才的正常培养？好龙者其思之、思之。

──── • **会黏的沙** • ────

老说中国社会是"一盘散沙",直到新近,美籍日人福山的《信任》与国内何清涟的《现代化的陷阱》,这两部颇为叫座的经济社会问题专著,还不同程度地回到这个老话题上来。

福山沿着韦伯《儒教与道教》的路子,研究华人家族结构与企业模式,力图揭示其深层的局限性。书中专辟一章"一盘散沙",指出华人的"家族主义"使之对外人具有强烈的不信任感,只在血亲的关系中转。因此,华人企业倾向于小规模,难以聚集社会的财富创造大规模公司,而使得华人企业总是经历着创立、崛起、衰败的循环三部曲,在现代化、工业化的路上举步维艰。

看来"沙"不但能"散",有时还会"黏"。其实,林语堂在本世纪三十年代早就发现这一特性了。他在《吾国吾民》中说:"中国人常自承自己的国家像一盘散沙,每一粒沙屑不是一个个人而是一个家庭。"这些沙因法定的"五伦"(君臣、父子、夫妇、兄弟、朋友)而具有很强的黏附力。可惜它并非黏成整体性特强的花岗石，而只是黏成说散就散的"沙网"，尤其是血缘被利害关系所取代的时候。推究起来，"沙"之所以能"黏"复能"散"，主因乃在"沙"所具有的双重"德性"。林语堂曾指出这样的悖论现象：官僚掠夺国家财产以接济自己的家族，因此营私舞弊对公众是罪行，对家族却成"美德"。"忠孝不能两全"，人们往往要将切身的家族利益放在第一位，建立在"家"基础上的"国"，便成了沙滩上的大楼。从某种意义上讲，闹了几千年的封建史，也就是家与国利益关系摆不平的历史。

原载《福州日报》，1998.12.16

──• 反弹琵琶 •──
──吐鲁番随感录

　　地理位置的改变，文化氛围的改变，有时会使人从某种定式中走出，豁然顿悟，得到全新的心理感应，连有些平日自以为是"坚定不移的立场"都会改变，你信不？这回到乌鲁木齐参加"丝绸之路"学术考察，我重温了一些史料，又读了一些边塞诗；而当我立足莽莽戈壁，置身残垒断垣的交河故城，面对阿斯塔那古墓群，脸上擦过干涩的热风，此时，这些资料竟在胸中骚动起来，让人不得安宁！

　　　白日登山望烽火，黄昏饮马傍交河。
　　　行人刁斗风沙暗，公主琵琶幽怨多。
　　　野云万里无城郭，雨雪纷纷连大漠。
　　　胡雁哀鸣夜夜飞，胡儿眼泪双双落。
　　　闻道玉门犹被遮，应将性命逐轻车。
　　　年年战骨埋荒外，空见蒲桃入汉家。

　　这是唐诗人李颀的《古从军行》。我对"和亲"一直没好感，总以为这是统治者怯弱的行为。这回亲历火焰山，站在高高的交河废墟上，回首内地，荒原苍茫，这才感悟到公主琵琶声里有着不可言说的复杂感情。重读《旧唐书·回纥传》，始觉肃宗嫁女和亲一事是弱中有强、悲中有壮，无奈中有不屈不挠的精神在。为平定安史之乱，唐肃宗于乾元元年秋（758年），将亲女儿宁国公主出嫁西域回纥英武可汗：

　　肃宗送宁国公主至咸阳慈门驿，公主泣而言曰："国家事重，死且无恨！"上流涕而还。及瑀（汉中王李瑀）至其牙帐，毗伽阙可汗衣赭黄袍，胡帽，坐于帐中榻上，仪卫甚盛……瑀不拜而立，可汗报曰："两国主君臣有礼，何得不拜？"瑀曰："唐天子以可汗有功，故将女嫁与可汗结姻好……可汗是唐家天子女婿，合有礼数，岂得坐于榻上受诏命耶？"可汗乃起奉诏，便受册命……八月，回纥使王子骨啜特勤及宰相帝德等骁将三千人助国讨逆。（《旧唐书》卷195）在平叛战争中，少数民族回纥将士是立了大功的。肃宗皇帝忍痛嫁女，与宁国公主"国家事重，死且无怨"的识大体，感人至深。古代民族的融合，往往要伴着血泪，我们应当用历史的眼光去看它，理解其中合理的因素。宁国公主与英武可汗结婚不到一年，可汗逝世。按回纥当时的风俗，必须让公主殉葬。这当然是落后，甚至是野蛮的风俗。公主坚决抵制，她说："我中国法，婿死，即持丧，朝夕哭临，三年行服。今回纥娶妇，须慕中国礼。若今依本国法，何须万里结婚！"这话讲得很好。当时许多少数民族向往大唐，是因为它有较高的文明。这种高文明所形成的凝聚力，使回纥人改变了要公主殉葬的旧风俗。另一方面，公主也尊重当地习俗，劙面（用刀割面）大哭。今日常说的"不同民族、不同文化应当互相尊重与理解"，想不到在当时却是以如此悲壮的场面演出。"和亲"，是一颗苦涩又酸甜的果子。我于是想到先人对"中国"的理解——它绝不只是个地域的概念，"中国而失礼义则夷狄之，夷狄而能礼义则中国之"，"中国"是与它那强大的文化传统相联系的。就在伯孜克里克窟洞佛龛中，就在阿斯塔那墓地下，就在高昌、楼兰古城以及那些消融殆尽的处处烽火台遗迹上，甚至在那远去了的驼铃声声里，我感受到中华民族大家庭的融合过程。在吐鲁番博物馆，我看到一幅出土伏羲、女娲人头蛇身相互缠绕的图腾。伏羲、女娲是华夏民族的始祖，在西北边陲广泛用于墓室的装饰画。只是画中的伏羲，已是高鼻深目的胡人形象。在另一方阿斯塔那出土的唐墓志中，我们看到墓主麦菊娘"晨摇彩笔，晚弄琼梭"，这与内地汉族妇女形象又何其相似！万里姻缘总会结出果实来的，树根，早在地下默默地交织。如今，我们吟诵李颀的"公主琵琶幽怨多"，乃欣慰于她的西行并非徒劳，如果今日起公主于九泉之下，看到葡萄沟那熙熙攘攘兄弟姐妹般和睦相处的各族朋友，正在共尝蜜糖似的葡萄，她将有怎样的惊喜？谁又能说是"空见蒲桃入汉家"？正是几千年的交融，才有今天中华民族这一古老而又全新的伟大民族，才有古老而又充满活力的"和合文化"。

当你站在巍巍的苏公塔下，① 望晶莹剔透的蓝天，一种崇高感会冉冉而起，为那些对民族大融合做出杰出贡献的无数英灵致敬！

原载《炎黄纵横》，1997.03

①苏公塔，又称额敏塔。位于吐鲁番城东约二公里处，为吐鲁番郡王额敏和卓纪念塔。额敏和卓在清朝中期曾为维护国家之统一，反对民族分裂做出贡献。

—• 梦入神机 •—

　　阿猫阿狗不知道会不会做梦，如果不会，那么做梦就是人类的一项专利。西洋人以他们一贯的专注态度对梦进行研究，有的说梦是潜意识的涌现，按梦的提示可以探知某种"情结"；有的说梦是通向原始意念的隧道，循之可找到窝藏的"神谕"，从中汲取无穷的力量。这不由让我记起《三国演义》中的故事：曹操（小名阿瞒）怕人趁其入睡时行刺（他自家就曾对董卓使过这一招），便诡称梦中会杀人，万莫靠近。可怜一个侍者为其盖被子，竟成了证实这一说法的牺牲品。书生杨修很不识趣地点破道："丞相不在梦中，君自在梦中耳！"封建时代的许多政治家都善于利用梦来搞阴谋，比如周文王就曾在一次"拜吉梦"的仪式上利用太姒之梦进行颠覆商祚的活动。而历来野心家都不约而同地说自己梦见了龙，更是惯见的伎俩。

　　这类梦都与艺术不沾边。大概最早是庄子，说了个很有诗意的梦，而更有诗意的是他对梦的看法："不知周之梦为蝴蝶欤？蝴蝶之梦为周欤？"梦和现实在他老先生那儿好比是可以随脚出入的两间房，是相通的。唐代不知哪位高手写的《逸史》，其做梦的艺术直追庄子："玄宗微时，尝至洛阳崔日用宅；崔公设馔未熟，玄宗因寝。庭前一架花初开，崔公见一巨黄蛇食藤花……玄宗觉曰：'大奇！饥甚，睡梦中吃藤花，滋味分明也。'"崔氏在梦外，唐玄宗在梦里，黄蛇（象征天子的"龙身"）竟然从梦里探出头来吃梦外的藤花，而更奇的是竟然被梦外汉崔日用所目睹！打破梦与现实的隔膜，视之为互通的两个世界，这大概可以算作有中国特色的"梦文化"。

既然现实与非现实可以通过梦来沟通、转换，那么生与死也可以有相似的沟通、转换的可能。唐人陈玄祐于是创作了传奇小说《离魂记》。主人公倩娘执着于爱情的追求，不惜魂魄离形而去，跟随所爱的人跋山涉水、背井离乡，而躯壳则留在家中床上。这才叫带着血丝儿的生死恋！《太平广记》中就有好几则类似的故事，可见倩女离魂代表了封建时代被压抑灵魂的呼喊，是生命本能的躁动，是个体生命与僵化的社会现实之间的对抗，而借助梦幻与现实可转换的形式演绎一出震撼人心的悲喜剧。后来元人郑德辉将这则故事改写成《倩女离魂》剧本，明人汤显祖又发挥而成《牡丹亭》，让主人公杜丽娘在梦中遇情人，又回到现实中去寻求梦中情人，为之生，为之死，死而复生，生生死死，一往情深。作者慨然曰："梦中之情，何必非真？天下岂少梦中之人耶？"

有时候，梦比现实还现实，更能显露人世间的真面目。难怪《红楼梦》的主人公林黛玉听《牡丹亭》的曲子，会心动神摇如醉如痴；而后来人复读《红楼梦》至此，而心痛神驰，为之病，为之死！

这就是梦的艺术感染力。

原载《文化生活报》, 1998.10.16

——· 得有个大判断 ·——

　　虽说是"故事里的事，说是就是，说不是便不是"，不必认真。但是被当成翻历史案的《雍正王朝》毕竟不同于明摆着是搞笑的《戏说乾隆》。作为正儿八经的历史剧，就要有个是非，对非中之是、是中之非还得有个大判断。秦始皇筑长城，隋炀帝开运河，客观效果与主观动机并不一致。历史学家朱维铮说得好："恶的动机，可能取得善的效果，但不能因为客观历史作用来肯定独裁者的卑劣心理。"雍正皇帝固然很勤政，也革除了康熙朝一些积弊，编历史剧可以说清楚。然而我们可以不去理会雍正烹功狗、诛政敌，将兄弟的名改为"阿其那"（狗）"塞恩黑"（猪），却没有必要也没有权利将雍正兴文字狱、创特务政治避而不谈或轻描淡写为"不得已"，甚至是"新政"的"需要"。固然，我们不该以一眚而掩大德，却也万万不可有一白就要遮百丑。封建文化专制任何时候都不是歌颂的对象。"雍乾盛世"被龚自珍称为"戮心的盛世"，在"盛"的背后是对进步思想的扼杀："戮其能忧心，能愤心，能虑心，能作为心。"《雍》剧之失，当在表现雍正处理汪景祺案、提审曾静，将吕留良剖棺戮尸、发布《大义觉迷录》等一系列精心策划借以"戮天下之心"的事件时,"化残忍为神奇",明明是文字狱,却成为表现雍正宽厚至诚仁爱的手段。难道我们不能在表现雍正勤政的同时,也表现其卑劣的权力欲吗?

———·读中国书·———

有人认为中国古代文学少有抗争之作，读多了使人意志消沉。难说，要看你怎么去读。中国古书与西方书的差别好比中药与西药的差别，中药的药性慢，重视人体内部系统的调节，却入药至深，有整体效应，所以要长期服用，不断调整才能见效。同样，读中国古代文学也不能就一篇一本地论效果，要历史地看、成片成串地读，读出文本整个儿的"潜在意义"。以《水浒传》《红楼梦》为例，单个看也许看不出有"煽动革命"的意思，甚至有人看出前者是"投降主义"，后者只是"诲淫"。一旦与历史链接上，其中改变现状的潜在意义可就水落石出了。中国古人向来有追求"乐土"的理想，《诗·硕鼠》："硕鼠硕鼠，无食我黍。三岁贯女，莫我肯顾。逝将去女，适彼乐土。乐土乐土，爰得我所。"乐土是躲避苦难的好地方。西周的远祖也是为了躲避他族侵略而带领部落从甘肃南部翻越陇坂进入关中，可谓寻找乐土的一次成功的大迁徙。后来陶潜写《桃花源记》，则虚构了一个免赋税的乐土。《水浒传》不妨说是《硕鼠》与宋江造反史实的结合，"小说化"为一群好汉从大宋国划出一小片天地,硬造出一方乐土。李逵曰:"你的皇帝姓宋,我的哥哥也姓宋,你做得皇帝,偏我哥哥做不得皇帝!"革命的火药味已够呛人了!至天地会,据罗尔纲的考证,是以《水浒传》最后一回"八方共域,异姓一家……都一般哥们儿弟兄称呼,不分贵贱"作为纲领的,《水浒传》为天地会提供了向那个以血缘宗法为基础的不平等社会制度开战的精神武器。你还能说是读多了使人意志消沉?至若《红楼梦》,从《孔雀东南飞》中经《李娃传》《杜十娘》《牡丹亭》等许多爱情故事,已积累了太多对封建婚姻制的怨恨,至《红楼梦》可谓集大成,已触及"三纲五常"的根本。好比地火的运行,终于在"五四"运动后喷薄而出!后来的以《雷雨》《家》《春》《秋》为代表的一大批以婚姻为题材的反封建之作,成了燎原大火!中国文学这种前后相承,奇峰迭出,主题不断强化的特点不容忽视。以这种方法读中国古书,才能品出真味。

原载《闽南风》,2015.04

—— · 论"欢喜着（就）好" · ——

有人问我：泉州人说"爱拼则（才）会赢"，漳州人说"欢喜着（就）好"，到底哪个代表闽南文化的精神？

真是说来话长。其实，明清之际官府素称"漳泉刁民"，看来漳州人也不是省油的灯。《明史》载："闽漳泉习镖牌，水战为最。"镖牌则藤牌，藤牌兵一手持藤牌，一手持单刀，十人一队，蜷伏翻滚，近战斩马，所向无敌，在抗倭斗争中屡立奇功。抗倭名将泉州人俞大猷称：藤牌手多出漳州龙溪县，刚勇善战，重义轻生。郑成功步兵中也有一支这样的"特种兵"。而漳、泉水兵更是举世闻名，无论抗倭收台守海疆，都少不了漳州人。港尾之镇海卫，是明代抗倭四大名卫之一，而收复台湾屡从东山出发，便是明证。再者，漳州人下南洋，过台湾，经商务农，也是无往不利！看来"爱拼则（才）会赢"并非泉州人的专利。自满清行海禁以后，漳、泉巨港开始没落，而漳州因地利，农业发达，小农经济逐渐掩盖了商业，民风也渐渐趋向平和内敛。但在北伐与红军闹革命时期，漳州依然是闽南的政治中心，可见漳州人"拼"的精神还在，随时都可以激活。

其实，两种精神并非水火不相容。你看看现在的诏安人，他们一方面嗜美食、迷书画，过着悠哉游哉的生活；另一方面又敢于游艺四海，经商八方，进退有据。问题是你怎么认识二者的关系。法国哲人蒙田曾经说过："我们最豪迈、最光荣的事业乃是生活得惬意，一切其他事情，执政、致富、建造产业，充其量也只不过是这一事业的点缀和从属品。"他的意思是很明白的，那是说：执政、致富等，还不是为了人们能生活得惬意？现代文豪漳州人氏林语堂，对此有独到的见解。他写了一本轰动当时美国的书，叫《生活的艺术》。（一个美国人看了夸张地说：读了此书，我差点见到每个中国人都想向他鞠躬！）关键就在于他点出了工业高度发达国家人们最缺的是什么。看过卓别林电影《摩登时代》的人定有印象：过度劳作的工人被异化成了机器的附件，失去了自我。如今，在都市的紧张气氛中生活的我们，想必多少也有同感。

然而古人有云："得鱼忘筌"，得了鱼这才不顾那渔具。还没捉到鱼就不顾渔具，那不算打渔。人活着先得"爱拼则会赢"，有一定成果就得注意"欢喜着好"。波浪式前进。一事无成，食不果腹，还欢喜得起来吗？再说，"悠闲"对忙碌中人是宝贵的，对那些整天靠打麻将度日的人来说，悠闲"于我何加焉"。反之，忙忙碌碌者赚了又赚赢了还赢，你就不能悠着点？须知手段不是目的。

　　整合二者，建构更开放的闽南文化之新精神，应是当代人的"代志"（事情、任务）。

原载《闽南风》，2015.08

─── • 论漳州小吃 • ───

卢梭在他的《忏悔录》中有这么一段描写："田野的风光，接连不断的秀丽景色，清新的空气，由于步行而带来的良好食欲和饱满精神，在小酒馆吃饭时的自由自在，远离使我感到依赖之苦的事物：这一切解放了我的心灵。"我没有卢梭深邃的哲思，却有着和他一样由味觉引起的愉悦的感受。春风里，石桥畔，站在卖小吃的三轮车前吃一碗腾着蒸汽的豆花粉仔；小巷中，榕树下，用筷子夹起一绺滑溜的卤面；下雨天，坐在条凳上，在大排档就几盘小菜喝点小酒……这时的确有"解放了我的心灵"的感觉。你想，敢于在大街小巷排队吃卤面、锅边糊的人，这时还在乎是哪一级的干部？摩肩擦臂之间还戴什么社会面具？人们在小摊里相视一笑的瞬间，恢复了"人之初"。

"民以食为天"，吃什么？怎样吃？不是一件小事。至少，从眼下看，我们的传统文化"走向世界"，最成功的恐怕还是"舌尖上的中国"。我想，大概是因为无论东方西方，食欲本来就是最基本的人性之一，中国人只不过是将它与美联系起来罢了，而这一点对世界上已解决温饱问题而又尚未奢靡到"紫驼之峰出翠釜，水精之盘行素鳞。犀箸厌饫久未下，鸾刀缕切空纷纶"的人来说，尤其有吸引力。有个"日本鬼子"对"美"字进行考证后认为，据《说文解字》，"美，从羊从大"，即由"羊""大"二字组合而成，其本义"甘也"；所以说，中国人最原始的审美意识起源于"膘肥的羊肉味甘"这一古代人的味觉感受。也许吧，至少孔夫子"食不厌精"就多少有审美的意思了。

卢梭在《爱弥儿》中还有一段话："审美的标准是有地方性的，许多事物的美或不美，要以一个地方的风土人情和政治制度为转移，而且有时候还要随人的年龄、性别和性格的不同而不同。"看来，无论是为保留地方传统文化，还是为塑造新的人格，美食也是不能忽视哩。美食与地方风土人情的确有关联。漳州长期以来一直是个以农为本的地方，因而培养了漳州人比较散逸的性格，"欢喜着（就）好"成了漳州人的口头禅。因此，简朴而丰盛，价廉而物美，大多数人消费得起，且又让人有自由自在之感（譬如可以凭自己的兴趣随意加料）的漳州小吃，自然大受青睐。"酒香不怕巷子深"，只要手艺好、客情好，不管这铺子开在什么远郊僻巷，也有食客光顾，而这种追踪美食的乐趣与兴味是豪华宾馆乃至"美食街"所难以取代的。同时你还得明白：那些个以绝活自负的师傅们，不喜欢凑热闹，自信热闹会来"凑"他，怎肯轻易就迁入"美食集中营"呢！如果有好事者或民间"食客协会"什么的，花点精力，绘制一张"联络图"，把名小吃店铺方位标明，定期通报顾客随机性调查评比的结果，更换上榜店家，恐怕很快也会成为一种"美食旅游"的地方特色——漳州整个成为一座美食城。

喜欢小吃已经成了漳州人生活模式中不可或缺的一部分，成了漳州文化载体之一，它的吸引力不容小觑。看，如今连小孩也纷纷从麦当劳、肯德基之类西式餐馆被吸引到小摊小店。在当今国民蜂拥到外国抢购"马桶盖"的时代，漳州小吃凭传统的魅力逆向而行，它意味着什么？展示传统文化魅力，消弭崇外陋习，必须事无大小多管齐下，凭实力，凭应变力，并持之以恒，才能见效。君不见革命先驱者孙中山先生，将中国烹调列入"美术"类，郑重其事地载入其《建国方略》中。大处着眼，小处着手，本来就是想改造现实的伟人们的高明做法。文化，从来就是一项复杂的系统工程。

有时我会杞人忧天地想：要是没了小吃，漳州该成啥样？

原载《闽南风》，2015.05

——• 手中的"金饭碗" •——

　　漳州土话说："盘（捧着）金饭碗讨吃（乞食）。"是笑人不会利用自家宝贵的资源。如果去掉其中的调侃意味，那就提醒了我们，要注重手中已有的资源，充分利用它。你看人家隔壁的潮州，一个只住了半年的韩愈就提升了本州多少知名度，可又有几人知道朱熹在漳州有过不平凡的一年？可见"朱熹在漳州"大有文章可做。

　　文豪韩愈因谏迎佛骨被贬为潮州刺史，唐宪宗元和十四年四月二十五日到任，当年十月二十五日移为袁州刺史，在潮恰半年整。有学者将他的政绩概括为三条：一、解放奴婢、驱祭鳄鱼；二、振兴教化，主要是任用当地秀才赵德办州学；三、居官廉洁。

　　大思想家朱熹南宋光宗绍熙元年四月二十四日到漳州任太守，绍熙二年三月，朝廷除朱熹秘阁修撰，四月二十九日御任离漳，在漳计一年整。也有学者将他的政绩概括为四条：正经界、鬭横赋、敦风俗、播儒教。其意义非韩氏在潮州可比。所谓"正经界",是朱文公借复"井田制"之名,针对南宋当时豪强大肆兼并土地的普遍现象而实行的田制改革。这一措施带有试验性质,事关南宋大局,也是朱熹实现儒家理想的重大举措,所以牵动上至朝廷,下至地方豪强的神经。最后,"正经界"在朝廷权贵与地方官绅的联合围攻下失败了,但朱熹敢于孤军奋战向腐败势力开刀,虽败犹荣!至如在漳传播儒学,则成绩斐然。且不说他辟佛崇儒、兴学宣化,为儒家培养一批人才,近从漳州四县,远自浙中永嘉,都有士子络绎不绝趋谒,使漳州成了学子们朝拜的圣地;单单他在漳州刊行"四经""四子"《大学章句》《小学》《近思录》《礼记解》等十多种重要的书籍,就足以在中国思想史上大书一笔了!其中"四经""四子"是经学史上有特殊历史意义的四书五经本子,体现了朱熹经、传相分,就经解经的新经学原则,有专家认为:"临漳本'四经''四子'在经学史上是一个有划时代意义的经学本子。"(束景南《朱熹大传》)

我曾极力主张"激活传统"(参看《学术月刊》2006年第2期《放眼寻求传统文论的生长点》),而今我才意识到:朱子在漳州的实践便是手中的一个"金饭碗",它提供给我们研究朱熹理论与实践相联系极其难得的案例,深入研究必定有助于朱子学的进展,有利于对"国学"的甄别,我坚信。

原载《闽南风》,2016.01

· 说侠 ·

　　说"侠"是"无职业游民"变的，就好比说鸟儿是恐龙变的一样，近乎无稽，却真有那么一回事儿，所以"侠气"里总难免会透出一点"流气"。我也喜欢看金庸的武侠小说，但千不该万不该不该心底里早存了这么一个谜底，所以老觉得金氏笔下的一些大侠不像是本国土产，倒像是美欧进口的行侠谈恋爱两不误的牛仔。比金氏更文绉绉的《红楼梦》里也有一个不起眼的侠——"醉金刚"倪二，写得有点流气，却很现实，我们在街头巷尾兴许冷不丁还能碰到。其实现实中侠客未必个个功夫了得，但无疑个个都爱打抱不平。这些大叔、大妈（女侠）被写进小说，也就被赋予超人的功夫与神秘的色彩，其实大半是作者为了满足读者的心愿而塑造的。吾漳林语堂先生对此有精绝的分析，他在《狂论》一文中认为，武侠小说之盛行是因为社会往往不容那些敢管闲事的仗义之人（我同意，《韩非子》就曾明确地将侠列为"五蠹"之一），谁也不希望自己家里出个爱惹事的侠（我证实：《水浒传》中的宋太公就以"逆子"的名义将"及时雨"宋公明赶出家门），所以那些侠客都被赶到江湖去了。于是社会只剩下些懦弱的庸人。遇到不平事，这才油然记起江湖里那些被放逐的侠客，"然后欣羡之，景慕之，编为戏剧而扮演之，著为小说而形容之，于是武侠小说大盛行于德贼之社会（这话就说得有点偏激了，不是"德贼"社会也可能流行武侠小说）"。

实不相瞒，我从小就爱看武侠小说，自个儿遇到不平事也是首先幻想出大侠来助，有时甚至幻想自己也有"万夫不当之勇"，能"剑气杀人"——结果当然就好比搔痒，自己抓出血来奇痒也就慢慢消失，不平事不觉也就平了。看武侠小说，先要去掉这种"病质奄奄卧在床上读《水浒》"，靠幻想依赖别人来解决问题的庸人思想。现在无论中外，小说、电视、电影仍在批量生产此类大侠梦，着实满足了部分观众的"愿景"，可谓抓到痒处也抓到钱，但于"强国强种"实在无补，还不如日本演员高仓健塑造的普通的有正义感的硬汉来得正面些。一个好社会，一方面固然应当弘扬正气，用法律来保障见义勇为之人，另一方面更要鼓励、支持、保护公民依法捍卫自己合理、合法的权益，两相拍合形成合力，法治才有希望。套用一句禅宗话头："世上无侠，侠在自我。"

弄不懂二事

有两件事我一直没弄明白。

一件是听同事讲的穷山村往事：有一对年轻夫妇在山坳里过日子，虽穷却也过得下去。后来，丈夫瘫痪，靠妻子撑着熬日子。再后来呢，一个老头给了点生活所需，姘上了那妻子。听隔壁那动静，丈夫不吭气。老头还嫌碍事，竟叫那妻子毒杀丈夫。丈夫吐了一地，亲戚邻里来探视，他还是不吭气。终于死了。但邻居的鸡吃了呕吐物，也都死了。老头与那做妻子的被捕坐牢。有人送来鸡汤，算是那女人最后的晚餐。她却把鸡汤让给老头吃，老头不要，说是那女人害死了他。

讲故事的人已归道山，但我还是没弄懂，故事里有没有爱情？

一件是古书里看到的：汉将李陵带五千步兵出居延北千里击匈奴，被敌兵八万所围，连斗八日，兵矢既尽，虽杀敌万人，而食乏援兵不至，遂降。单于乃以女妻之。汉武帝闻而族灭其母及妻子。可是当时的史官司马迁却称李陵"有国士风"，他也为此付出沉痛的代价。太史公是"究天人之际，通古今之变"的贤人，为什么会不顾一切地同情李陵？再看，民间杨家将的传说、演义，都说杨家一门忠义，杨令公就是一头撞死在李陵碑上的，但其子杨四郎却与李陵走上同一条路——降了辽国，成了驸马。后来呢，四郎还抽空回来探母，京剧就有《四郎探母》这出戏，老百姓还蛮爱看的。

我看着总觉得有点不对劲，但至今也没闹明白，问题出在哪儿？读者诸君必有以教我。

唉！复杂的人性。

—— · 历史记忆 · ——

汗漫无际的历史陈迹要到被提取为历史的记忆，这才能存活在今人的生活中，它才是"往事并不如烟"的原因；要不，陈迹在脑海中湮灭，往事岂能"不如烟"？远的不说，近些的如圆明园、远征军、慰安妇、黄岩岛，如果没有文献记载、渔樵闲话，我们怎么还会提起它？可怜有多少杰出人物（尤其是草根科学家、发明家）、重大事件，由于没有留下历史叙述而泥牛入海，从此再无消息。

历史记忆或许有许多不同"版本"，但真相只有一个，可以"校对"。然而残酷的现实是：历史真相早已化入茫茫时空，只能凭借残存文物的冰山一角去探寻与钩沉，而这一角冰山也会随时溶化无迹。这就是文物之所以珍贵的重要原因。

现在，保护文物之心，人或有之，但不乏好心办了坏事。有种观点大可关注，那就是"重修"，"修旧如旧"。问题在于：修什么？怎么修？断臂维纳斯要修出双臂否？圆明园要补齐残垣否？您先别笑，还真有类似的事儿——千年石狮修个骑者，百年老屋换新材料用新技术"修旧如旧"。前者不辨自明，后者还得看情况。旧材料可以用新技术止损，万不可轻易就换上新材料，新材料再怎样"如旧"也还是不如旧材料。要记住：保存文物要尽量保住原貌，让它能勾起我们真实的历史记忆！"美观""整齐""统一"都不是终究目的。

说个不可笑的笑话：有人去了杜甫草堂，看那百亩碧瓦红墙花径，诧异道："杜甫为什么还叫穷？"

────• 中国人的生命力 •────

　　直到不久前，中国人的品性还是许多洋人们的嘲笑对象，乐此不疲。当下呢，中国人巨大的成功击碎了他们的成见，他们不得不开始重新审视这个问题了。其实，洋人中也不乏有识之士。一百二十多年前，美国牧师明恩溥就已经从中国人麻木不仁、柔顺固执、死要面子、因循守旧、一盘散沙、缺乏公共精神、不讲卫生诸多缺点中，隐隐看到一种能在最艰苦的环境中忍耐，充满活力的坚忍不拔精神。一旦挣脱由贫困与专制锻造的锁链，其推动历史前行的力量将势不可当！在《中国人的素质》一书中，明恩溥指出："中华民族这种无可比拟的忍耐一定是用来从事更为崇高的使命……可以肯定，他们这个民族有此赐予，他们以非凡的活力为背景，一定会有一个伟大的未来。"预言如今正在实现中。

　　现在把门先关起来，说几句"不可外扬"的话，行不？目前沸沸扬扬的国学热，大有"全盘中化"之势。其实，传统文化是瑕瑜互见的，具体问题要具体分析。就拿"二十四孝"来说吧，儒家的顶层设计是"以孝治天下"，借助血缘之情与同情心，推己及人，建构一个网状的官僚政治社会。孝推及的是"家"，进而"国"，是之谓"国家"。

然而，这个"家"有别于欧美之"家"。费孝通《乡土中国》认为，欧美人的家，是以夫妇为主轴，主要靠夫妇间的情感维系，是"生活堡垒"；但可以是临时的，儿女成人则走，感情破裂则散。在中国漫长的乡土社会中，更多的不是家庭，而是靠血缘维系的家族，不论政治、经济、宗教等功能都可以利用家族来担负。事业大小决定家之大小。事实上，家族成为一个利益共同体，在封建社会中，"孝"更多的是固化了家族，改朝换代也动摇不了这一社会基础，好比麦浪滚滚而麦根并不曾移动半寸。确切地说，封建中国不是一盘散沙，而是一袋子马铃薯。许多情况下，家族成为国与个体之间的"隔热层"，让个体感受不到"国"的体温。因此，如何使个体、小集体利益与国家利益一致，使"孝"与普遍的人道主义接轨而不滞留于"家族"，重视其"推己及人"的合理内涵，成为人际间美好的关系，使中国人的生命力最大化，形成一个巨大的命运共同体，共圆"中国梦"，这才是一个必须认真研究的大问题。

—— · 藕断丝连 · ——

　　这是一种美妙的联系方式，断中有连，连中有断，矛盾同一，颇具辩证法。现实世界并不像概念世界那般断限分明，总是核心清楚而边缘模糊，事物间有着太多的重叠与过渡，即使一刀了断，也还要藕断而丝连，断而不可断。反过来说，断毕竟要断，无须续弦之胶、还魂之药，当断不断，反受其乱。譬如今日与昨日，传统与当下，难免也是如此这般。

　　"弃我去者昨日之日不可留"，昨日与传统，不得不与今日之现实断。不断就不能进步，容不得半点犹豫、拖泥带水。然而"海日生残夜"，海日固然与残夜断，但一个"生"字说尽二者之间藕断丝连的关系，这要比"继承"二字更精准，更具活力。盖"一生二，二生三"，绝非谁"承"谁的问题。数千年古国古之传统，本来就是一个十万分庞杂且相互矛盾的东西，如何"承"？我们只能抽丝般抽出其中有生命力的因素，重新细加考量，激活它，使之与现实互动，化腐为新融入今日之现实，并建构未来

新的肌体。其中绝无一点点陈陈相因、旧物新组、翻新再版的
意思。

　　曝背献芹，幸有志此道者垂鉴焉。

沉思大海

（一）

凝视大海,有时会给人沉郁与孤寂的感觉。难怪有歌者唱道:"是谁的一滴泪,凝成这片翡翠?"

繁星如沙,只有这滴蓝色的泪,孤独地在银河系穿行。

屈子举着火把,对神庙中剥落的壁画高声发问:"河海应龙,何尽何历?"(导河入海的应龙啊,你曾鼓翼飞过何处,可曾到过大海的尽头?)只有回声,没有回答。此后,似乎没人再续《天问》而作《海问》。对于农耕文化的中国人,"天时、地利、人和",这就够了。可海呢?

是内陆的秦人而不是海滨的齐人统一了中国。幸欤?不幸欤?

历史只能推迟,不可遏止。

日居月诸，十五世纪人类迎来大航海时代。阿拉伯人、中国人、葡萄牙人……千帆竞发，沸沸扬扬。大海终于给出尽头。遗憾的是：成王败寇，历史总是由胜利者书写。哥伦布成了地理大"发现"时代的标签，而比他早半个世纪的航海家郑和"七下西洋"，倒成了某些人的笑柄。他们说，大海激发人类去征服、掠夺和贸易，可是太平洋邀来的中国人却是谦谦君子。历史选择了中国人，中国人却不能选择历史。

难道贸易就意味着征服与掠夺？输送文明要靠杀戮？

（二）

历史充满悖论。弱肉强食，在特定的历史阶段，"恶"成了历史发展的动力。一百六十多年前，马克思面对"鸦片战争"也曾慨叹道："历史的发展，好像是首先要麻醉这个国家的人民，然后才有可能把他们从历来的麻木状态中唤醒似的。"（《中国革命和欧洲革命》）历史选择只是当时各种可能性斗争的结果，必然性寓于偶然性之中。曾经走通的路，未必就是最正确的路，未必就是唯一可行之路。

泪水般苦涩的海水，不安地动荡着。

是的，郑和下西洋与西方殖民者的"探险"异类。毋庸讳言，"天朝"统治者的"朝贡心态"是可笑的，但这又与农耕文化爱和平求稳定的天性不无关联。即便是专制帝王朱元璋，也以此为祖训："四方诸夷……若其不自度量来扰我边，则彼为不祥；彼既不为中国患，而我兴兵轻伐，亦不祥也。吾恐后世子孙，倚中国富强，贪一时战功无故兴兵，致伤人命以干天和，此其不可。"止戈为武，强而不霸，这就是富强时期中国人的历史选择。

何谓"朝贡"？就是诸藩国向天子献礼物，以示臣服，《周礼》就有记载。二千年前，你还能指望国与国之间"平等协商"？至明代，朝贡实质上已是一种互市。明成祖规定："其以土物来市易者，悉听其便。"永乐年间，贡船贸易一时绵绵不绝。事实上远在宋代，南海海域已成为诸国与中国绵密的贸易圈。我们应当在大历史视阈中看郑和下西洋。它不是征服，而是对闽南海商开辟的贸易口岸的检阅与加固，也是为此后各国和平交往铺路。满剌加（今之马六甲）的迅速崛起便是生动的一例。郑和洞明此地的重要性，在此建重城、盖仓储，着力将它打造成东、西洋贸易的枢纽，可谓造福千秋。当地至今还流行这样的传说：为了维护与满剌加的友谊，永乐皇帝将某公主许配给当地国王，她的五百名侍女也嫁给当地人。商品散了，文化留下。这是和平贸易最美丽的一章。

（三）

沉思意味着自由，海阔天空。

九龙江入海口。七港八汊，天、地、水一片浑茫。这，就是曾经四海商贾咸聚的漳州月港。

"尔清漳之错壤兮，旁大海以为乡。屹圭屿于砥柱兮，跻二担而望洋。浩荡渺而无际兮，汗漫泛其弥茫……于是，捐千金之资产，造万斛之艨艟，植参天之高桅，悬迷日之大篷……"（郑怀魁《海赋》）

是啊，在远离朝廷的海隅，另有一批中国人坚定地走向大海，在"正史"的缝隙，我们窥见另一片天地！季风动，千帆蔽天而下，闽漳之人络绎于海上，东连日本，西接琉球，南通东南亚诸国。昔日结茅而居的村落，于是百工鳞集、机杼炉锤交响，竟成贾肆星列的繁华之都！

丝绸、茶叶、陶瓷、纸张、果品、蔗糖等二百多种货物打这儿撒向东、西洋，衣被天下；

香料、番薯、玉米、白银、花生、烟草等一百多种"舶来品"打这儿上岸，流播国内。

谁说红土地长不出创造力？大海的呼唤使原本农耕的漳人造出巨大的"福船"，哥伦布的航船在一旁形同侏儒；"克拉克瓷"远播四海，而"漳缎"至今还在 APEC 会议各国领袖身上闪烁着梦幻之光。时人叹道："漳穷海徼，其人以业文为不赀，以舶海为恒产，故文则扬葩吐藻，几埒三吴；武则轻生而健斗，雄于东南夷，无事不令人畏也。"

大海啊，是你把智慧和勇气给予拥抱你的人！昔日未曾有的，今日应有尽有。市场，那无形的巨手重塑民风，激发无穷的创造力。

沧海一笑，白浪滔滔。

（四）

我思故我在。远洋贸易也唤醒一批有识之士，形成中国人特有的包容互惠的海洋意识。

十六世纪中叶，漳人吴朴就颇为系统地提出设置市舶、开展互市、听民贸迁（迁居海外贸易之地）的主张。"国家建立市舶之意，推广先大夫丘濬听民贸迁之议也。海表圹塞，列壤称君无虑数十百国。绝不言兵而许通互市，斯远迩毕至，物货丛集，因而起例抽分，国计日裕，上可以充六军之费，下可以宽民力之征。"

是"绝不言兵"啊！是"以海外之有余,补内地之不足""通济有无"啊！

大海给漳人以苍莽宽阔的胸襟，包容、双赢的精神已露端倪。明清之际，从普通士绅至大学士，张燮、周起元、郑怀魁、沈鈇、蓝鼎元、蔡新等，众多漳籍人士先后都持此看法。他们的智慧无疑是来自几百年闽南人闯荡海洋的实践。《渡海方程》《顺风相送》《东西洋考》《指南正法》《海岛逸志》……哪一部"水路簿"不是饱含着闽南探海人漂洋过海的艰辛与血泪！

历史的积淀有多厚，冲刺未来的"洪荒之力"就有多大。

阻碍历史前行的不是"农业文明"，也不是长黄米、生黄豆的黄土地，更不是那筑到海上的万里长城。我到过临海，看过戚继光修成的巍巍长城，顿生敬仰之心。不能怪戚继光不懂打到日本，他只是一介总兵，何况"乃知兵者是凶器，圣人不得已而用之"，甚至也不必迁怒于那些历史小丑"东印度公司"之流。关键是历史上那些决策的"朝廷"，在许多问题上根本就不代表中国人！不管是汉人"天子"还是满族皇帝，"下西洋"也好，"海禁"也罢，他们心系的只是"龙椅"。必要时，他们甚至不惜和"洋人"携手捕杀中国人！这样血迹斑斑的历史事例我已不忍卒读。

江海混茫处，只有月港还在诉说当年"海禁""迁界"的恨事。

月光如水，摇蓝动碧，倏忽中寓永恒。历史或许会有惊人的相似，但历史绝不重复。漳州港连着厦门港展向远方，"星汉灿烂，若出其里"，海面上一片繁忙。

原载《闽南风》，2016.12

—— · 读戏 · ——

　　由于审稿的缘故，我有时也看尚未成书的书。这回看的是《东方莎士比亚》，这才比较系统地了解了我国一些杰出的戏曲家及其代表作。也由此得知：戏曲曾是我国文化生活中为其他形式所难代替的活跃分子！可惜，当前颇受冷落，多数地方戏难在城市立足，往往不得不跻身于农村一些迷信活动场所。许多人认为，戏曲缺乏现代节奏，缺乏现代审美趣味，所以落伍。大概是吧，我想。但此"想"也仅仅是含混地一晃而过，并未细想深思。如今审读书稿，这才有种感觉，看来戏曲自有戏曲的品尝法，除了有必要从戏曲本身的"现代化"上下功夫之外，似乎更有必要从观众方面找找原因，我想。这回算是比较"细"的想。

　　中国戏曲是由戏与曲组成，或者干脆叫它"诗剧"，是歌舞与文学的合璧，动作性与文学性并重。由于其中的动作性强调"虚拟"，也就不必有太多的布景道具，舞台美术往往为唱词中的诗意所替代。比如《牡丹亭》杜丽娘游花园一段，只要角儿在空台上一转悠，唱支［步步娇］："袅晴丝吹来闲庭院，摇漾春如线"，境界全出。许多时空与事件变迁，也是通过曲白描绘来交代，而角色之心思、情绪，也通过动作与曲白配合来表观。所以林黛玉听"良辰美景奈何天"的曲文，不觉点头说："原来戏上也有好文章，可惜世人只知看戏！"

　　难怪老一辈总将看戏叫"听戏"。听戏，是强调戏曲的文学趣味与音乐旋律并重，只有戏文唱白都烂熟于胸，这才能"听"，这才能"品"，这才能参与进去。如今青年（其实我这老年也在内）连唱的什么词也不甚了了，哪能不"隔"？我由此想到，戏曲要振兴，从文学上入手，养成一种情趣，培养观众"听戏"的水平，让他们先具备"音乐的耳朵"，这项工作怕是非做不可。说来有趣，这又得回到"读"字上——先读些剧本曲白。

原载《福建日报》，1996.10.03

——· 难得不糊涂 ·——

《因话录》是唐人记唐事，其中一则记郭子仪的儿子与媳妇吵嘴，差点闹出人命来。事情是这样的：掌天下兵柄的郭子仪因平叛有功，其子郭暧得高攀昇平公主。可惜，婚后琴瑟不调，有次拌嘴，郭暧竟在气头上说出"你仗你爹是皇上，皇帝有啥了不起，还不是我爹不想当才轮到你爹当"这样"大逆不道"的话来！郭子仪听了汗都沁出来了，立即将郭暧铐起扭送朝廷待罪。不料来个喜剧收场——唐代宗只是笑着说："民谚道，不痴不聋不作亲家公。小儿女家拌嘴哪当得真。"一场雷鸣电闪就这么云开雨霁了。

代宗处理此事的识大体姑且勿论，就这"不痴不聋不作亲家公"的民谚，倒让我记起郑板桥写的横幅"难得糊涂"来。现在无论是"沿海发达地区"，还是"内地贫困县"，地摊上书店里可是到处都有的买。然而买者似乎并非看重那"能忍让""不计较"的意思，以管见所及，挂此字幅的主人——恕我直言——并不精明，并不恢宏大度，甚至有些个还无愧"糊涂"二字，但他们也说是"难得糊涂"。主人的意思似乎倒是在表白自家的不糊涂，偶有之也是"装呆"耳，所以说"难得"。殊不知，那郑燮书此四字是表明世上混账事太多，管不了，管不得，与其眼睁睁看着受罪，还不如"葫芦提装呆"哩！大有屈原公"世人皆醉我独醒"的牢骚。当然，这是气话，他老先生并不愿自己真稀里糊涂，反之，是一心想觉人觉世，唤醒痴聋，你瞧他任潍县知县时，是这么题画送巡抚官的：

"衙斋卧听萧萧竹，疑是民间疾苦声。些小吾曹州县吏，一枝一叶总关情！"

是一枝一叶都关心着哪！分明是风声雨声民间疾苦声声入耳，哪肯有一丝半毫的含糊？说实在的，倒是时下真糊涂、假糊涂或"留一半清醒留一半醉"者让人担心。真糊涂不必论，假糊涂则容易精明太过头倒成了真糊涂。举个例子，在万头攒动的场合，大家看着恶汉逍遥，人人只等别人出头去当侠客或天上掉下个包青天，自家只吃清汤面，绝不冒那个险沾那个边，这岂不助长恶人气焰，真真糊涂？"难得糊涂"实在易误导读者，该另集一幅板桥的字，就写上："难得不糊涂！"

原载《福建日报》，1996.06.20

—— · 读未来 · ——

对未来，我们这些人是不是有点"想象力贫乏"？"一担能挑两座山"啦，"月宫装上电话机"啦，太玄乎却又太坐实。移山仍要用扁担来挑？月宫之妙弄半天就安了部电话机？也许正因为这个"贫乏"的缘故，"未来学"八十年代刚一"舶来"中国大陆，便风靡起来：《第三次浪潮》啦，《第四次浪潮》啦，《九十年代大趋势预测》啦，一路看好。喏，就手头这本《未来之路》，个头不大也卖到二十元的价钱——可我还是认了。

电脑奇才比尔·盖茨在书中展示了如是的景观：让现实中最具潜力的事物迅速发展，便成了未来。就像十五世纪中国印刷术的引入刷新了欧洲文明一样，不起眼的小小硅片也正在刷新人类的文明。个人计算机联网将导引我们驰入未来。你轻轻一敲键盘，世上任何地方任何时候任何种类的信息都将恭候在你的身边，成了"在指尖上的信息"。空间距离消逝了，人和人、人和物都贴近了，那才真叫"不出户，知天下"呢！每个人都可以在家"上班"，可以在家和天涯海角的朋友"聚会"，可以在家"住院"请各地名医会诊，可以随时看你想看的任何一部电影，可以不摸"阿堵"就买到东西，可以……

　　未来世界的奇妙固然叫我吃惊，但更令人震撼的是那种从现实事件中"读"出未来的本领！是的，十九岁的比尔·盖茨就是在广场地摊上买到的一本《大众电子学》里一篇关于一台小计算机的描述文章中读出未来的。个人化。不超出购买力。适应性强。够了，这些就足以点燃想象力：每个家庭桌上都能安上计算机。将一大片计算机连接起来。信息高速公路，这就是未来的世界！

　　说到想象力，译者后记纠正了我的偏颇：计算机二进位制原理发轫自《易经》《老子》的阴阳理念。可知中国人的想象力原本不赖。问题是，高妙的想象还要与最大胆最投入的实验配套，坐而论道是远远不够的。"未来学"不是"空想学"，而是一门从现实中发现、培育未来的学问。由此而记起另一本书——《惊世伟绩——高技术的摇篮硅谷揽胜》，书引查尔斯·斯波克的话说："如果产业政策讲，在将来的计算机产业中，半导体产业对我们是重要的，那就要建立能够确保此点实现的经济环境。为建立这样一种经济环境，需要做的就一定要做。"

　　是的，为了未来，需要做的就一定要做。

原载《福建日报》，1996.08.01

·冷书热读·

　　9月5日《读书》版杨健民《热书冷读》一文挺有味，不过意犹未尽，容我续貂。夫烹调艺术有一派专讲究麻辣烫，其妙在热乎乎之中五味不辨浑然一气囫囵而下，自然是"包好包好！"故一书新出，趁热炒之，"新秀""黑马""大师"一迭声喝彩，读者在"麻辣烫"中也就囫囵买下，于是烟也消云也散，再没人提起。

　　我曾经为外国人喝酒不就下酒菜感到纳闷，后来偶喝好洋酒，静静地、慢慢地、从从容容地品，果然有他的道理：味儿慢慢地渗出来了，让你不受任何干扰地享受。喝到一定时间，那冷酒便从体内变温，变热，终于热乎乎直贯脑门来。有一类书也是如此，初看兴许不起眼，既不是大师也不是新秀，质朴得像一块花岗石。然而当你一读再读，便愈来愈感到一股地心引力一般的内劲吸引着你，越读进去越感到心头发热，有的直要把泪给读出来！

　　我有一位在县里基层工作的朋友王文径，朴素得跟下地的农民没两样，但他编写了一本《漳浦历代碑刻》，在县里领导支持下，自己筹资印行。这本书甚至连正式书号也没，只属内部刊物，但你将那数百条从碑石上抄录下的文字一条条读下去，你便仿佛跟着作者在炎炎烈日下，在荒野荆棘中，在山风海雨里跋涉，在经历一程文化苦旅。你会为该县辉煌的历史而振奋，为从事这项功德无量的工作的作者那股献身精神所感动。我当即为之写下短序，抄录在下面，作为"冷书热读"之一例。序云：

　　唐诗人孟浩然登砚山读羊公碑，曾感慨系之："人事有代谢，往来成古今。江山留胜迹，我辈复登临。"悠悠岁月，岁月悠悠。多少往事都已湮没在夕阳荒草之中，唯有苔痕漫漶的断碑残简时或在诉说着往昔的辉煌与忧患。有幸的是，在这本小册子里，我们看到漳浦县尚存这样的碑刻四百余条之多。这些是编者从摩崖断岩、寒山萧寺，乃至水沟里、板桥上、幽洞中抄来、拓来、摹来，其间甘苦又有几人知晓？正是这些不起眼的碑刻，袒露了"金漳浦"那一段段璀璨的文明史。大荟山等处两宋的石刻，其历史价值自不待言；便是明、清的一些碑刻，值得珍视宝爱者亦不在少。如弘治年间的《邓原碑》便是研究宦官颇为难得的原始资料；戚继光的《功德碑》更是民族文化之瑰宝，至如《威惠庙碑》之可供有关"开漳圣王"陈元光之考证，《青龙寺庙碑》之为开发台湾的"三公"之一吴沙祖籍地提供佐证；《重建无象院碑记》等之补正史志多处，等等，都使识者为之一振。我们不能不感激为之付出辛劳的作者及支持作者这一行动的有关各方面。这一事业可谓功德无量！

　　在感谢的同时，我还要为那些尚卧诸荆棘之间，铺于道路之上，甚至被剖为两半踏为门槛，或树为厕所之墙，或挖空心翻作猪槽的碑刻发一大恸！要认识漳浦碑刻的价值不难——只要翻阅此册一过便知；而要唤起社会应有的广泛关注，一起来保护这些文物却甚难。愿更多人来与作者同此忧患，同此甘苦！

原载《福建日报》，1997.10.03

林语堂面面观

—— 一种读书方法

　　我读书总爱将几种同题或同类书拉来对读，如《新唐书》与《旧唐书》等。这一读法有个好处，就是有个比较，尤其在二者陈述同一事件有出入时，更会逼你思考，做出判断，这就避免了"从一而终"的惰性。读林语堂的几种评传就有如是效果。

　　我知道有个林语堂，最早是从鲁迅的杂文中，以及讲鲁迅生平的书中得知，而不是从林语堂的作品。后来陆续读了林氏的一些作品及其他一些文学史资料，开始有个印象。这印象是：林语堂早期是个反封建的斗士，后来热衷于提倡"幽默"与"性灵"，其二重人格与自称心中住着两个鬼——"其一是绅士鬼，其二是流氓鬼（这里的'流氓'意指爱抱不平有江湖气的人）"的周作人相近。这回读了《国学大师丛书》里的《林语堂评传》，认识更丰富了些。主要是明白了林语堂还有提倡小品文的另一面，那就是在海外大力弘扬中华民族文化，并宣传抗日救国。由此，我又取来林氏《生活的艺术》与《苏东坡传》等作品重读一遍，有了新的感悟。中华民族现在可以平实地面对西方，与之对话。我说平实，那就是充满民族自信心，而不是疑虑重重或虚张声势。只有此时此景此心态，才能充分肯定林语堂将中国文化介绍给西方的意义。

万平近《林语堂评传》从另一角度烛照了林语堂的思想与生平。这本书的特点是平实而不简单化。万先生多年从事林语堂研究，对其人其作品非常熟悉，有条件做到实事求是。对林语堂《生活的艺术》一书。万著不是取简单的否定或肯定，甚至也不是"三七开"之类划成几块，而是细致地做了分析，顾及写作背景，作者当时动机、心态，更注重作品自身显示的实际，查证其介绍的文化内容是否合乎中国传统文化之真实情况，要于细微处见精神。因而万先生的分析往往是剥笋般层层深入。如对林氏"一个拟科学公式"，即以数字表示各族人性格上所含"理想主义"、幽默感、敏感性等成分不同的方法，作者既看到其未必科学的一面，又看到其注重中西比较之用心，进而抉发其"两脚踏东西文化"之长处，但又展开来对其中西比较作深入剖析，指出林语堂的要害在于不去了解资本主义社会的基本矛盾，所以虽然在对比中看到不同生产方式对人们心理状态的影响这一事实，却以"闲适哲学"来看问题，乃至误导出"老旧的东西，圆熟的东西，饱经风霜的东西，就是美的"这种颇近阿Q主义的结论来。《生活的艺术》从细节上看，的确有许多独到、精彩的东西，但总体归结为"闲适哲学"则有消极的主要倾向，与我国优秀文化传统的主流不尽相合。读万著，使我们对林语堂有一个冷静客观的视角。

　　然而，他人的评论，无论如何总不如亲人的评述那么一往情深，其于客观精确易到，而震撼人心的深情却难及。由是言之，林语堂的女儿林太乙的《林语堂传》便显得不可取代了。从这本书里，我看到一个为人子、为人夫、为人父的有血肉具深情的林语堂。其中写到林语堂对妻儿的爱，对发明中文打字机的执着，很是感人。倾全副心血，不顾破产借贷也要发明一架用自己国家母语打字的机械，这种情感是一种什么样的情感？你能否认他对祖国、民族深深的爱吗？再看这件小事：林语堂称两个外孙和自己是"我们三个小孩"，还把自己儿时照片和两个孙儿的相片拼起来晒一张"三个小孩"的相片。

　　这时的林语堂，那颗赤子之心令人难以忘怀。我们看到一个有童心的乐天派作家。当然，亲人写评传难免自觉不自觉会有某些夸饰之处，所以还得与客观冷静的他人的评述合看。几种不同角度的评传照出了林语堂的方方面面，给我们一个"全息像"。为此，我喜欢将几种同题或同类的书拉来对读，并"野老献芹"式地将这种读书习惯荐与读者诸君。

原载《福建日报》，1997.02.06

• 歌词偶读 •

　　会唱歌的人是有福了，其中种种妙处不言自明，所以高尔基会说："不爱唱歌的人——睡觉去！"（大意如此）我几乎不会唱歌，又不甘心就此"睡觉去"，所以偶尔也读读歌词——一首好歌词，便是一首好诗。像这首：

　　生活是一团麻，却也是麻绳拧成的花。
　　生活是一根线，也有那解不开的小疙瘩呀！
　　生活是一条路，怎能没有坑坑洼洼？
　　生活是一杯酒，饱含着人生酸甜苦辣，哦……

　　朴实，却闪烁着智慧；略显沉重却富情趣。配上那高亢抑扬的调门，仿佛薄暮听蝉，又好比看天际归舟，或者说是品味茶后那缕余甘，最有韵味了。当然也有不少故作深沉似通非通倒人胃口的东西。既是令人倒胃，不提也罢。不过，泼洗澡水可别忙着连孩儿也泼出去。有些用新手段编织的歌词，乍看或不知所云，但连续几遍还是会出味的。《中华民谣》就属此类。

这是一首当代城市歌谣，作者试着将儿歌及传统诗词的一些意象，再加上民歌风，用现代节奏表现出来，又念又唱，组成碎锦似的绚丽风情之画卷。由于画面跳跃性大，时空交错，一时叫人不知所云，难免引来非议。其实呢，作意是很明白的，无非是对往日的某种眷顾，却又想摆脱它，朝前看。举一段看：

朝花夕拾杯中酒，寂寞的我在风雨之后。
醉人的笑容你有没有？大雁飞过菊花插满头。

用具体形象取代概念，是这首歌词的特点。"朝花夕拾""风雨后"都是表明过去，"醉人的笑容"则指可意的时光。"大雁飞过"是点明时令在秋，又剪接上古来常用的秋令意象："菊花插满头"。这些画面共构了回忆中美好的时光，以对照当下的落寞惆怅。这种画面平列，使时空平面化的手法在传统诗词中并不少见，如大家熟知的马致远《天净沙》这首散曲：

枯藤老树昏鸦。小桥流水人家。
古道西风瘦马。
夕阳西下，断肠人在天涯！

三组似不相干的画面各自组成和弦，又在末句强烈的喟叹中勾出整体的气氛。《中华民谣》追求的也是时空平面化所产生的错综效果，但所用的画面未必都能构成和弦。如："山外青山楼外楼，青山与小楼你不再有。紧闭的窗前你别等候，大雁飞过菊花香满楼。"似乎在暗示某种"人去楼空"的昔日情景，但这些山、楼、窗、菊并未能和弦般融为一个新意境。其他各段也有如此"隔"的毛病，总体让人觉得各个意象的指向凌乱，不够和谐。尤其应当注意的是，无论用传统意象或新创意来构图，都要在平面中表现出立体。也就是说，画面是二维，思想深度则是第三维。只有对过去的回忆而没有对历史的沉思，只有时代的节奏而没有时代的旋律，只有真实的情绪而没有充实的内容，只有城市歌谣的外形而没有城市歌谣应有的内涵，流行歌曲充其量只是"流行"而已。这样的"流"，是"夏雨遍地流"，而不可能是"长江之水天际流"。愿有志此道者勉旃。

原载《福建日报》，1997.06.07

———·说书斋·———

　　书斋，读书人安身立命之所在也。其大不过方丈，或曰"安一张课桌"。许多读书人不但在书斋里读书，而且该室便是生活居所的全部，吃喝拉撒全在这儿。老一辈学者的书斋大抵如是。我的老师杜诗专家肖涤非教授生前的书斋就有卧室、会客室乃至餐厅的功能。上海施蛰存先生的书斋直到八十年代也还是一间"多功能"的房间，唯有一幅字画挂在一隅，才略有点"书卷气"。唐人李翱铭曰："昼日居于是，穷性命于是，待宾客交其贤者亦于是。"深得书斋三昧。

　　虽然如此，读书人也还是要标举曰："书斋"。因为书中自有广阔的天地，有巨大的容量，"何陋之有？"书斋毕竟不同于上大人孔乙己身上那件只用来表示身份的长衫。许多古人也的确在书斋苦读中明理尽性，了解数千年历史，学会"半部《论语》治天下"，懂得许多住大院高楼四室一厅的人所不懂的知识，所以才有"秀才不出门，能知天下事"一说。由于农业社会的变化是如此缓慢，历史经验可以屡试不爽，所以古时候的书斋往往比学校还重要，默记静思也就成为古代重要的学习方法。也因此许多杰出的文人书斋是设在深山老林古寺悬崖，在那儿苦苦去印证、认同前人的知识。我也到过一些古人读书处，而印象最深的莫过于东山塔屿黄道周的"石斋"。那只是小小孤岛上横卧的一块巨石，它的背部没着地的一侧便是个天然穴居。明大儒黄道周读书于是。斋前乱石穿空，涛声四面，大海将她的蓝光直映入石斋。夜里，一豆灯下读倦了眼，步出斋外，繁星满天，海啸低吟，长风猎猎，家事国事涌上心头——这才叫"天人合一"呵！先生的情操气节，你能说同这个与天地串连一气的石斋无关？

　　如今的书斋款式又有了变化。一种是朝豪华型发展，宽敞明亮自不必说，单那玻璃柜中豪华笔挺的珍藏本就足以使你对主人的好学肃然起敬。只是要长期保持那样的整洁，像我辈乱翻书、獭祭鱼者是很难办到的。还有一种是书房不一定大而明亮，书架里的书也不一定有许多，但必有一部电脑。如果只用它来打字以取代爬格子，那还算仅仅是"形式革命"；如果是上了网络，用它来获取、输送信息，那就不可低估这一变革。过去曾有过一种这样的说法："世界多大，人脑就有多大。"现在套一句："电脑容量多大，你知道的世界就有多大。"秀才一上信息高速公路，靠背椅一转悠，那才是"万象在旁"哪！

　　不过，书斋仍然是读书人安身立命之所在。盖不管电脑多先进，只要不是搞制作的门市部，书斋主人总得独立思考。在科技已进入市场的年代里、"炒冷饭"已现代化的风气中,"穷性命于是"的书斋精神更是一种必需。于是夹在新、老知识分子间的我,也半新不旧地为书斋起个名:"面壁斋"。

原载《福建日报》,1997.09.05

—— · 后读史 · ——

既然现在已经有那么多的"后科学""后现代主义""后结构主义"，不妨再来个"后读史"。这"后"字，自然有些消解的意思。

（一）

史书昭示，再严实的防守，也总是有可攻之处。野史《隋唐嘉话》载一代明主唐太宗，最不喜欢阿谀之臣。有一次，他在花园里散步，看到一棵树甚美，便赞道："好树！"其侍从宇文士及也赶着赞道："好树、好树！"唐太宗忽地拉下脸来，说："魏征常劝我对佞人要提防着点，我不知道谁是佞人，今天算是明白了！"宇文士及却不慌不忙地说出另一番道理："陛下上朝时，群臣无不谏的谏、劝的劝，甚至和陛下争执不休，使陛下动一动都不自由。这会儿臣有幸随陛下散步，如果这时也像上朝那般不肯顺从，陛下虽贵为天子，生活中又有什么乐趣？"一席话使太宗龙颜渐悦，怒气全消。

上班听正理，下班来点歪理。英明如太宗尚且不能免俗呢！太宗曾说："人人都说魏征傲慢，我倒是只觉得他挺温柔。"此时此际，他心里是否也在说："人人都说宇文士奸佞，我倒是只觉得他挺忠顺。"存心去"防"，则防不胜防，须知高超的阿谀者总是最善解人意。禅家有云："平常心是道。"如果不刻意去防，乃至悬赏求谏，而是以求实为常心，好的就说好，也不必"谦虚"，孬的则说孬，不要为自己开后门留退路，未能英明如太宗，庶几也能持正。

（二）

史书告诫我们，唯小人得罪不起。《新唐书》载卢杞有口才，但"鬼貌蓝色"，为人阴险。有唐名将郭子仪以尚父之尊，重病时百官来拜候，姬妾仍列侍左右；唯卢杞来见，则急屏去。家里人感到奇怪，便问原因。郭子仪答道："这家伙外貌奇丑而内心险毒，女人家不懂厉害，看到他那丑模样，万一发笑，他一旦受辱，来日大权在握岂不灭我族类不留遗孑？"阴毒如斯人，连大豪杰郭子仪尚且得罪不起，何况我辈手无缚鸡之力的读书人？一个恶汉作恶，万人束手，古已有之。

究其原因，总在恶人敢让你死你却不敢先让他死。所以看外国警匪片，总是匪徒掌握主动权，为非作歹。看来，西方法律仍治不住阴毒的小人。

原载《福建日报》，1998.03.16

廉耻

自古以来，贪污腐败一直是叫人头痛的问题。

太史公《史记·货殖列传》已感慨万千地说道："吏士舞文弄法，刻章伪书，不避刀锯之诛者，没于赂遗。"过了十多个世纪，明太祖仍在为贪污腐败伤脑筋。据说他重惩贪污受贿，凡赃至银 60 两以上者，则剥皮揎草，悬于官府公座旁以警来者。但历史表明，明代贪污较前朝为烈。这就合乎一条辩证法的常识：外因必须通过内因才能起作用。所以《日知录》作者顾炎武认为要对付"不避刀锯之诛"的贪污犯，还要倡"廉耻"。他认为礼义廉耻四者之中，耻尤为重要，因不廉而至于悖礼犯义，"其原皆生于无耻也。"你想，一个人竟至于没有道德上自我完善的追求，那还有什么可以限制他的？所以说："不耻则无所不为。"因此，要从根本上杜绝贪污腐败，就必须培养人的正义感与羞耻心。《孟子·尽心》："人不可以无耻，无耻之耻，无耻矣！"意思是：人能耻于自己的无耻，就是能改过的人，将不再有耻辱之累。正是出于这种想法，顾炎武力倡"清议"与"名教"。他认为，利欲熏心，遂成风气，不可复制，"唯名可以胜之"。让忠信廉洁者显荣于世，使人讲究名节，可救"积污之俗"。而汉魏时期曾风行一时的"清议"可以造成强大的舆论，使"君子有怀刑之惧，小人存耻格之风"，故曰："王治之不可阙也。"事实上，宋人也是这么想、这么干的。与其他王朝比，宋代士大夫要相对地重廉耻些。北宋之亡，官吏贪污不是重要原因。但是宋代理学家倡"存天理，灭人欲"，又造成新的桎梏，好比医好感冒却伤了肝，还是划不来。

今天，我们要有与古人截然不同的道德观与是非标准，也要有非士大夫清议所可比拟的更为浩大的社会舆论来制约贪污行贿的社会现象，但在倡廉时该注意到"养耻"，却同样是值得重视的。

原载《福建日报》，1998.09.14

── 对古人了解之同情 ──

陈寅恪《冯友兰中国哲学史上册审查报告》中有云："凡著中国古代哲学史者，其对于古人之学说，应具了解之同情，方可下笔。"顷读日本学者冈村繁《陶渊明李白新论》，掩卷而思，尤觉陈氏此语之警策。盖研究古人，往往需用双视角，一则以今日之价值体系为参照而视之；一则依当日之价值体系为参照而视之。前者即"所有历史都是现代史"之谓也；后者即对古人"了解之同情"，二者不可偏废。

冈村先生于汉学造诣颇深，其对陶渊明之研究在日本学界有相当之影响，而论陶之人格则难免隔鞋搔痒，使人感觉到有一层文化的隔膜。究其原委，就在于只是以今视昔，而缺乏对中国古人了解之同情。因能以今视昔，故冈村氏能敏锐地发现陶内心之多重矛盾：归故园时并存的悲与喜；对"拙"的生活态度之自负与自嘲；在贫穷与富裕之间的彷徨；等等。但又因其缺乏对中国古人应有的了解之同情，故尔未能结合陶作之语境深入地做合情合理之分析，乃至误鹿为马，以"真"为"伪"，以凡俗为"庸俗",否定陶人格可贵部分,而主张将其文与其人分割视之。故尔虽或有"小结裹",却未能有正确之"大判断"。陶渊明《与子俨等疏》正是一篇展示冈村氏所说种种内心矛盾冲突与痛苦的作品:

"吾年过五十,少而穷苦,每以家敝,东西游走。性刚才拙,与物多迕。自量为己,必贻俗患。僶俛辞世,使汝等幼而饥寒。余尝感儒仲贤妻之言,败絮自拥,何惭儿子。此既一事矣。……少学琴书,偶爱闲静,开卷有得,便欣然忘食。见树木交荫,时鸟变声,亦复欢然有喜。常言五六月中,北窗下卧,遇凉风暂至,自谓是羲皇上人。……病患以来,渐渐衰损,亲旧不遗,每以药石见救,自恐大分将有限也。汝辈稚小家贫,每役柴水之劳,何时可免?念之在心,若何可言!"

然而陶氏的内心矛盾双方并非等量相持,这些矛盾在陶渊明"质性自然"价值取向的主导下终将得到整合,并由此构成陶氏极为丰富的情感世界。如上引文中,可感知渊明舐犊情深,绝非所谓"自私""无责任心"云云。但对"性刚才拙,与物多迕",他并不后悔。对儿辈的艰辛虽"念之在心",但仍然以"何惭儿子"自勉。《后汉书·列女传》载王霸(字儒仲)妻勉其夫曰:"君少修清节,不顾荣禄。今子伯之贵,孰与君之高?奈何忘宿志而惭儿女子乎!"这就是整合矛盾的"安贫乐道"之道德力量。这种力量与道家对人生所取的审美态度结合,则产生陶氏特有的怡然自得的审美心态,"北窗下卧"一段描写便是。

这才是陶氏之"真"——以其生命理想化解内心矛盾，从而达到一种复杂的平衡，是朱光潜所讲"从几许辛酸苦闷得来"的"平淡"之美。(《朱光潜美学文集》第二卷，207页)内心多重矛盾造成其文学创作之多层面境界，是"质而实绮，癯而实腴"风格之所从来。

　　双视角构成为古人定位之坐标。从"以今视昔"之视角，可发现中国士大夫普遍存在的软弱性，及其只在廊庙与山林之间选择生存方式的狭隘性。以对古人了解之同情，则可发现中国古代知识分子在难以想象的恶劣政治环境下是如何顽强地以健康的心态求生存，最大限度地保存个体的尊严。二者正是构建现代中国新型知识分子有益的鉴戒。鲁迅于此别有会心，以屈原为例，鲁迅一方面以现代思想家的敏锐，指出《离骚》"却只是不得帮忙的不平"(《从帮忙到扯淡》)；另一方面又给予崇高的评价，称《离骚》是"逸响伟辞，卓绝一世"，并以"路漫漫其修远兮，吾将上下而求索"自明其志。对陶渊明，则看到隐士的特殊地位，指出他有奴子，"所以虽是渊明先生，也还略略有些生财之道在，要不然，他老人家不但没有酒喝，而且没有饭吃，早已在东篱旁边饿死了。"(《隐士》)同时又充满同情心地指出"他非常之穷，而且心里很平静。……虽然如此，他却毫不为意，还是'采菊东篱下，悠然见南山'。这样的自然状态，实在不易模仿。"《魏晋风度及文章与药及酒之关系》一文进而对其平和的态度表示理解，指出陶渊明对于世事并没有遗忘和冷淡，由于魏晋时代"变迁极多，既经见惯，就没有大感触，陶潜之比孔融嵇康和平，是当然的"。（同上）这才是对待古人宅心仁厚的学者心灵。

原载《光明日报》，2004.04

崔融的启示
——小议诗律化研究的一个盲点

　　周祖譔先生《武后时期之洛阳文学》一文论律诗之定型有云："固知律诗之定型也，实经多人长时间之摸索研讨，未可归功为一二人也。必欲探求至某人方定型，窃以为归之沈、宋，不若归之崔融之为近似也。"（《百求一是斋丛稿》）此为通达之论，又是骇俗之论。珠英学士群在律体定型进程中有其不可忽视的作用，而崔融当其时为朝廷大手笔，与李峤等称"文章四友"，编选《珠英学士集》，又著《唐朝新定诗格》，则其影响或在沈、宋之上。不过，珠英学士煽起的律化诗风并不因武后之去世而消逝，反而在中宗朝愈炽。崔氏卒于中宗神龙二年（706年），此后文馆学士群的诗歌创作风靡一时，其律化程度更高，而沈、宋为其典范。我们应当视武后至中宗朝宫廷诗风为一体，则崔、沈、宋在其节点上各有突出贡献。但无论如何，遗漏崔融，不能不说是一大疏忽。

　　说疏忽，还不如说是律化研究中的一个"盲点"——只就声律言律化，只就形式谈形式。事实上，先贤论文体演进，总是将内容与形式合在一起考量。所谓"文体"，并非今人指称的只是体裁，如诗歌、小说、戏剧之分类，而是指与体裁相依存的整个风格体貌，是由形式到风神的统一体——活体。所以《文心雕龙·附会》称："夫才童学文，宜正体制。必以情志为神明，事义为骨髓，辞采为肌肤，宫商为声气。"声律是与情志、事义、辞采共生的。因此，我们讲诗的律化进程，就离不开其功能与整体性结构的同步调整。《文心雕龙·体性》又说："八体屡迁，功以学成。才力居中，肇自血气。气以实志，志以定言；吐纳英华。莫非情性。"文体变迁的转捩点就在"志"："气以实志，志以定言。"人以其情性感受外物，内化为一种体验后的激情，即所谓的"文气"，由此提升为作品中表现出来的"情志"，由它来决定文字藻采及声调的用舍，构建出一种具体的风格体貌来。有的论者已注意到王绩、陈子昂在近体诗定型过程中的作用，这是个很值得重视的新趋势。事实上，近体诗之定型，正是初唐至盛唐之交力倡风骨与力倡声律两股潮流相摩荡的结果。也就是说，一种新形式要立定脚跟，就必须使其形式能适应新的内容，二者取得珠联璧合的和谐。反过来说，新内容必然要求新形式做出调整，增进其表现力。我曾以王勃《送杜少府之任蜀州》为例说明这首讲究粘对的五律的成功之处，就在乎以新形式表现新事物，只要将颈联"海内存知己，天涯若比邻"与曹植《赠白马王彪》"丈夫志四海，万里犹比邻。恩爱苟不亏，在远分日亲"相比照，就会凸显王诗声律对仗的优势。曹诗意佳却散缓，不如王诗之洗练精警，在两联之间造成空间感："海内"与"天涯"，推开距离；"知己"与"比邻"，又拉得贴近，十字之间形成跌宕的气势。这种气势之造成，不但在于声律，还在于诗人已跳出曹植与曹彪那种血缘亲情，表现了初唐社会结构大调整，表现了打破"九品中正制"而仕出多门的新风貌。正是科举、入幕、军功、征召等多种出仕方式，将大量士子驱向"四海"去求"知己"，而格律形式则有利于这一情志的表达。全诗前呼后应：首联上言长安，下望蜀川，腾出巨大空间，正与"海内""天涯"相应；颔联"同是宦游人"乃是贯穿全篇的"情志"，这种向上之情感使尾联"无为在歧路，儿女共沾巾"又透出唐人特有的昂扬意气。内涵的最大化与形式的简约化，使这种五言八句的"近体诗"展示了"以少总多"的优越性。这实在是"气以实志，志以定言"的一个范例。无论是庾信还是王绩、"四杰"、陈子昂，都曾以其新题材、新感觉、新理念，不同程度地拓展律化诗的表现力，有力地促进了诗的律化进程。这是一个值得着力开发的课题。以此反观崔融，我们于是有了一个新视角。

崔融对于诗歌律化的贡献是多方面的。就其现存《全唐诗》中的十几首看，可谓声律、风骨兼备。其《关山月》云：

月生西海上，气逐边风壮。
万里度关山，苍茫非一状。
汉兵开郡国，胡马窥亭障。
夜夜闻悲笳，征人起南望。

　　只要与后来李白的《关山月》"明月出天山"同读，便会惊叹二者的意境乃至用字、句法的酷似。还有几篇写边塞题材的，都颇具风骨，如《塞上寄句》："旅魂惊塞北，归望断河西。春风若可寄，暂为绕兰闺。"风格亦与王昌龄和李白近似。至如《则天皇后挽歌二首》，更是声情并茂，绝非应景之作。其中"天地惨何心""紫殿金铺涩"，其炼字、炼句，已着杜甫先鞭。而《和梁王众传张光禄是王子晋后身》，是首精严的排律，却写来流转圆美，虽是谀词，也仍能展示其排律的成熟。陈子昂有一首《送著作郎崔融从梁王东征诗》，可见崔融是亲身体验过军旅生活的，其边塞诗有风骨，也就不奇怪了。事实上，无论是武后时代还是中宗时代的宫廷诗人，大多有较丰富的人生历练，绝非梁、陈宫体诗人所能比拟。从崔氏所编《珠英集》残帙看，这些学士所作题材是广泛的，如论者所云，是很有忧患意识的。它一方面表明，初盛唐之交士子向上的价值取向在文学中已渐趋为一种普遍情感，情感呼唤形式，影响所及，在宫廷诗人创作中也就出现了题材的多样化与意气的高扬，使之超越了六朝宫廷诗人之圈缋；另一方面也显示了编选者崔融的眼光，已投向风骨与声律的交汇处。这在《唐朝新定诗格》一书中有集中的体现。

　　诚如论者所说，《唐朝新定诗格》与元兢《诗髓脑》相近。元兢《古今诗人秀句序》云："余于是以情绪为先，直置为本，以物色留后，绮错为末；助之以质气，润之以流华，穷之以形似，开之以振跃。或事理俱惬，词调双举，有一于此。罔或子遗。"《新定诗格》则首论"十体"，此十体为：形似、质气、情理、质置、雕藻、映带、飞动、婉转、清切、菁华，名目正与元氏序说相响应。二者的相承关系可谓一目了然。其中"质气体"乃云："谓有质骨而作志气者是"；"情理体"则云："谓抒情以入理者是"；"映带体"则云："谓以事意相惬，复而用之者是。"三者可视为元氏"事理俱惬，词调双举"的注脚，而且更明确地将"质骨"与"志气"相联系。值得注意的是"兢于八病之别为八病"，也就是在"蜂腰""鹤膝"等旧说之外，又添了"丛聚""形迹"等字义方面的几种"文病"。从整体的观照，声律与字义并重，已开端倪。从一联的和谐，到全篇的和谐（如讲究粘对），再到声律、字义的和谐，这是一个进步。崔融将"十体"凸显于诗格，由声律进至文体学，更是一个大进步，开了皎然《诗式》以下的诗格论体势的新风。

　　这是律化进程中的一个转捩点，是唐人审美趣味转向的浮标。元兢《序》记诸学士共赏谢朓《和宋记室省中》诗，诸人咸称"行树澄远阴，云霞成异色"为最，而元氏独以"落日飞鸟还，忧来不可及"为绝唱。因为前者只是形似之言，后者有兴象："举目增思，结意唯人，而缘情寄焉。"它合乎"事理俱惬，词调双举"的审美理想，周祖譔先生指出："此一评骘标准之转变，实为初唐诗转变为盛唐诗之一大转捩，未可以等闲视之也。且标举'事理俱惬，词调双举'，与殷璠之选诗标准'文质半取，风骚两挟'差为近似。就美学观念之变化而言，难言两者绝无内在联系也。"堪称笃论。只是元氏此意尚未体现于《诗髓脑》，而崔氏《新定诗格》则将它定格为诗律，才真正有力地体现了这种审美观念的转向。由于此书未见于国内历代公私著录，我们已很难再现当时的影响，但从它的抄本东渡日本看来，其传播之广是可以推知的，崔融的影响也是可以推想的。然而我们更感兴趣的是：近体诗何以定型于初盛唐之交？它同倡风骨与倡声律两股潮流交汇的关系如何？其中是否有更深层的文化意味？这正是崔融给出的思索。

原载《光明日报》，2006.01

—· 从祭坛走向人间的朱熹 ·—

偶游武夷隐屏峰，周遭碧水丹崖，云雾就从脚底那片林子冉冉腾起，真叫人飘然欲仙。

就在欲仙未仙之际，导游小姐却指着一处岩石问道："像不像只伏地的狐狸？""像。"游客都兴味盎然地答道。于是我们便听到一则理学夫子朱熹如何与狐仙丽娘相好的传说。

让道貌岸然的朱老夫子恋上狐狸精？是谁编排了这么个风流故事！朱子有知，怕要哭笑不得。不过，细想来，不似之似最神似。当你把圣人从祭坛上请下来，放回油盐酱醋婚丧吊贺的人生之网中，那你就会发现他须眉皆张，也是个活生生具七情六欲的家伙！没错，理学家那套"存天理，灭人欲""饿死事小，失节事大"的说教，曾是"以理杀人"的软刀子，锋利得很。可作为一个具体的有血有肉的社会人，朱老夫子却要近情理得多。在我家乡漳州，传说中的朱文公——老辈人都不直呼"朱熹"，而是尊称"朱文公"——还颇有点侠气咧。

　　小时候随父亲住在单位宿舍，那食堂后边有口井，六个眼，都叫它"六孔井"。井对面有堆古寺模样儿的断垣颓墙，说是开元寺的遗迹，在唐时是很风光的。朱子来漳当知州，寺里有个妖僧要与他斗法，便在六孔井念咒（据说井暗通府衙后的七星池），要让水突突地从七星池往上冒，趁夜深人静，将漳州府给淹没。好在朱文公棋高一着，就在和尚伏井栏念咒那当儿，派人一刀给制止了。

　　月印在微澜上会有美丽的扭曲，历史一旦成为传说也会有神奇的变形。朱熹斗妖僧的传说背后，是朱熹知漳的一段政事。

　　宋人老爱笑话韩愈辟佛是浅层次的"排僧"，只是"算经济账"耳。但轮到像朱熹这样的大儒，一旦也当起地方官来，面对空空如也的官库、流离失所的小民，也不能不算算经济账。你怎么也想不到，在朱子那年代，闽南释道有多炽盛：单漳州的寺院田产，全州土地七分而有其六！当然，其背后是强宗豪右勾结贪官狡吏，侵渔百姓，转嫁赋税，致使贫者无业却有税，富者有业反而免税，公家因之岁计无着。"皆是王民，岂可自家买田收谷，却令他人空头纳税！"官法难容，天理更是断断不容！朱文公一腔怒气化作为民请命的胆气，以道学家特有的执着与刚愎，径自在漳颁行《晓示经界差甲头榜》，决意实施孟子"仁政必自经界始"的遗训，重机关报丈量核实田产，让不该纳税者不必纳税，该纳税者必定纳税。

书生气十足。人情味也十足。

正是这点迂阔得可爱的书生气带来的人情味儿，使朱熹从"以理杀人"的罪过中得以自赎。要紧的是：这点仁心是真诚的。因为他闹"经界"并非要讨个政绩留点政声，而仅仅是要讨个公道，唤回"天理"。就在"经界"失败，长子夭折，凄惶北归之际，他还在苦苦上书宰相，哀求为漳之民蠲减横赋："使此邑疲民免于非理科罚之苦"，"则此邑庶几有可整茸之望"云云。

我油然想起朱子有一回到女婿家，女儿只张罗到葱汤麦饭，他当时写下的一首诗：

> 葱汤麦饭两相宜，
> 葱补丹田麦疗饥。
> 莫谓此中滋味薄，
> 前村更有未炊时！

这就是推己及人的仁者之心。

朱子讲究的，正是这心性之学。他认为"此心之灵，其觉于理者，道心也；其觉于欲者，人心也。"然而道心、人心只是一颗心，不是道心主宰了人心，便是人心模糊了道心。人性之崇高，不就在于能以道心去主宰人心，也就是以道德去制约人欲吗？

绍熙元年冬至日，漳州士子陈淳携《自警诗》来谒朱子。诗有云：

> 人为天地心，体焉天地同。
> 克己贵乎严，存心大而正。

好个"天地心"！浩浩长天，茫茫大地，岂能无心！千年儒者，耿耿拳拳，不就为的是给天地安个搏动的心吗？张载《西铭》如是说："为天地立心，为生民立命，为往圣继绝学，为万世开太平。"

可惜儒者害的是单相思病。

终朱子一生，立朝仅四十六天。

你想，官家也说"灭人欲"，敢情是要灭自家的欲？他只是要灭他人的欲，自己却"坐在利欲胶漆盆中"，不肯挪半寸。朱子竟唠唠叨叨要官家以身作则，克己复礼，这不明摆着是叫官家倒持刀把往自个儿身上戳嘛。噫，朱子之迂也！

然而，正由于天地间竟有如是大而正的心在搏动，千年文化血脉才会不凝，才会至今涌动。

朱熹离漳不到五百年，这方热土上又站起一尊为天地立心的人物——明儒黄道周，以一介书生，他明知蹈死地却义无反顾地北上抗清。他以颈血一试锋镝，留下铿然十六字："纲常万古，节义千秋；天地知我，家人无忧。"

天地知我，我知天地。此时此际，人心即是天地心！

白云岩白云悠悠。白云岩"紫阳夫子解经处"，朱熹留有对联道："日月每从肩上过，江山常在掌中看。"只有这样顶天立地的人，才安得下一颗硕大的天地心！此时的朱子，又从油盐酱醋婚丧吊贺的人生之网中脱出，升上那发出毫光的圣人的祭坛。

原载《炎黄纵横》，1999.05

—• 朱熹一成一败话缘由 •—

同一时间、同一地点、同一动机，假同一个人之手所做的事，仍有成有败，不可一概而论。

南宋绍熙元年四月，朱熹到漳州当太守。以"天下大老"的名望，要办点事、谋些新，想必不难。其实不然。朱熹在漳的事业，无非吏事与教化二端，却一败一成，出乎意料。据称，漳州的田产寺院竟七分有其六！加上豪门巨室贪官狡吏的侵吞，小老百姓往往是有税无业，狼狈失所。因此朱熹在给当时宰相的一封信中称"经界"是利害中之利害。也就是说，重新丈量核实田产，让小民不再背黑锅出冤枉钱是当务之急。与此相关的是整顿吏治、革除盐法之弊、蠲减横赋之类。可惜这些救弊绥民的措施障碍重重终归失败，而与此相反，朱熹在"明教化、敦风俗"方面则颇见成效。据说当时漳俗"薄恶"，争讼成风，斗殴成习，礼教废坏。朱熹便下十条礼教风化之令，宣谕人人遵行。他还整顿学校振兴儒学，延请一批品学兼优的士人入学官，其中有"朱门四大弟子"之一的北溪先生陈淳。当时，漳州成了学子朝圣地，远自浙中永嘉，近自福建建阳、莆田、长乐、晋江诸方的士子，都来漳州求学，其声势远超当年柳宗元之于柳州、韩愈之于潮州。而且，朱熹在漳还刊行书籍十几种，其中有"四经""四子"及《大学章句》等，对后世影响深广。

同一时间、同一地点、同一动机、同一个人，为什么所行之事会一成一败？我想，经界蠲赋之所以不成，是因为它实实在在地触及一批人的既得利益。朱熹是亲历过簿吏的人，狡吏贪官肚里那些牛黄狗宝，他哪种不知晓？所以一旦认真较量起来，便能一针扎出血来岂容你敷衍！故而那班人只剩一条路——上下串通一气负隅顽抗；反之，印些书讲些纲常礼教之类，只是虚空里打拳，一时还碰不到人的痛处。这么一虚一实，也就有了一成一败的区别。由此，我又悟出一层道理来：难怪世上多送同情泪填义愤辞的"英雄"，少见不平而真拔刀的英雄。盖虚者易讨好而实者难施行，其理一也。又因此我尤其佩服那些敢于从身旁具体实事抓起的人，须知这可不像念一通"脱空经"那么轻松！

原载《文化生活报》，1999.05.18

——• 漫说文章气焰 •——

　　说来惭愧，我们活人的思想往往得靠"死人点燃"（赫拉克利特语）。《世说新语》中有段话说："廉颇蔺相如虽千载上死人，懔懔恒如有生气，李志虽见在，厌厌如九泉下人。人皆如此，便可结绳而治，但恐狐狸狢獥啖尽！"

　　要点燃他人，自家先得有火！

　　可是不知从哪朝开始，文中"有火气"竟成了贬义词。殊不知，含蓄不尽九曲回肠固然是美，直言快语一泻千里又何尝不是别一种美？问题只在于是否"懔懔有生气"。如李太白早期干谒之作《上安州裴长史书》，有乞求之文，无乞求之相。其末段云：

　　"愿君侯惠以大遇，洞开心颜，终乎前恩，再辱英盼。白必能使精诚动天，长虹贯日，直度易水，不以为寒。

　　"若赫然作威，加以大怒，不许门下，逐之长途，白既膝行于前，再拜而去，西入秦海，一观国风，永辞君侯，黄鹄举矣。何王公大人之门，不可以弹长剑乎？"

干谒之文尚且如此，遑论他哉！无论处境如何，李白总归是旗鼓不倒，这就是李白文中的气焰！

再有一种是言人所欲言而不敢言，一语中的，大快人心者。

如皮日休云："古之置吏也，将以逐盗；今之置吏也，将以为盗。"又云："古之取天下也以民心，今之取天下也以民命。"在那虎狼纵横、百姓钳口的晚唐，这些话实在是大河决堤，使人读之愤懑尽抒。

然而，明快之至，反可收含蓄不尽的效果，如王安石名篇《读孟尝君传》，全文只四句：

"世皆称孟尝君能得士，士以故归之，而卒赖其力以脱于虎豹之秦。嗟乎！孟尝君特鸡鸣狗盗之雄耳，岂足以言得士？不然，擅齐之强，得一士焉，宜可以南面而制秦，尚何取鸡鸣狗盗之出其门，此士之所以不至也。"

此文明快到好比是一把锋利无比的剃须刀，六根霍然皆净，使人彻悟——"得士"须大处着眼。

　　然而细想来，如何"得士"，又千门万户，岂不是意味无穷？今日我辈活人之思想，就这样为死人所点燃。而王安石之所以能点燃活人，盖其"懔懔恒如有生气"也，其文章气焰甚盛故也。由是，我要说：

　　要点燃他人，自家先得有火！

原载《华侨报》，1998.06.03

· 剖开"熟视无睹"的硬壳果 ·
——读《俭不至说》

　　小品文在中、晚唐是非常活跃的一种文体，往往千字之内、百字之间，腾挪变化，说理井然，短而有味，堪称文章中的"五言绝句"。形成这一特色的原因有很多，其一是：观察事物的角度新，言人所未言，尤其是言人熟视之而不能言。在家庭四壁之内，有许多事物被视为当然，是不必有所言的。然而，熟知并非真知，如果剖开"熟视无睹"这一硬壳果，便往往会发现它包庇着错误的内核。来鹄的《俭不至说》是绝妙的一例。其文大意是：

　　如果有人将烂布头一把火给烧了，人们肯定会大吃一惊，说是："某家竟然将衣服给烧了！"如果有人将残羹剩饭倒在地上，人们又肯定会不禁愕然，说是："某家竟然把粮食给糟蹋了！"是啊，谁都不以为"焚衣弃食"是对的，可又有谁对身旁养一大帮光吃粮不干事的人，养一大群光吃粟不会跑的马这一事实表示过惊奇？

　　好在我知道来鹄是个唐代人，要不，真要以为他是在影射咱们"吃大锅饭"呢。封建专制主义只能依托于臃肿的官僚机构，即使是"贤相名臣"主持工作也不能豁免。所以来鹄讥讽汉宰相公孙宏只知道自己盖布被，齐宰相晏子只知道自己每餐不吃二盘以上的荤菜，却"不能惊汉武国恃奢服"，"不能骇景公之厩马千驷"。人们由于思维定式的关系，习惯于只从一个角度看问题，所以往往斤斤于小道理，未能从大处着眼。来鹄能跳出圈外，以大见小，见人所不见，言人所不能言，这正是本文取得成功的诀窍。

　　然而，我还有话要说：来鹄千年前发现的问题，千年后我们又重新"发现"了。这一现象本身不应引起我们的沉思吗？

原载《石家庄杂文报》，1987.08.07

—•— 文人画 —•—

　　许多人以为，文人画无非是文人于茶余饭后，乘兴一挥，画的也无非是"梅兰竹菊"。

　　错。这是文人的画，不见得就是文人画。文人画文人未必都画得出，不是吃文人饭的人也未必画不出文人画。

　　有些评论家则认为，文人画需是"肇自然之性，成造化之功"，有"宇宙意识"，展现"元真气象"，揭示"生命的存在意义"者。对兴许对，但外行如我则未免有一头雾水之感。

　　其实要我说呢，文人画的关键还在其特有的表现形式。吾漳已故画家黄稷堂先生，他的画固然是"乘兴一挥，画的也无非是梅兰竹菊"，但在逸笔撇捺中总蕴含着一股清劲之趣，让人感受到某种自得与自由。我曾遵嘱将他一幅菊花斗方转交佛学家虞愚先生，虞先生沉吟了一阵子，说："有文人气。"还写了一幅小楷回赠。稷堂先生也很高兴地称赞："清。"一画一书，沟通了人性中类似的一面，由此托出二人"以文会友"的乐趣。

我总认为，中国人对文艺"陶冶性情"功能的认识，是东方文明的大智慧。人一方面要积极进取，改造世界；另一方面也要求得内心的平衡，回归自然。二者合一，才是完善之人性。文人画可取之处就在于通过笔墨直取性命的本真状态，形成有意味的形式，感染读者，淡化现实中的功利性，一时回归自然，照亮真性情。

原载《闽南风》，2015.08

题画四章

题画青藤

余家植青藤二，春赏其花，夏赏其叶，秋冬则赏其藤也。盖花如梦如叹，叶似烟似幻，藤犹草犹篆，方生方灭，方灭方生，四时皆可观也。往者游会稽，谒青藤书屋，讶"天池"之不足方丈；后见池畔青藤拔地，腾蛟起凤，乃悟徐文长之志也。又过西蜀，见升庵手植青藤，其粗如臂，屈折如铁，矫矫然缠延百余尺，冉冉若紫云之出岫；落红片片飞舞，远胜北国之雪，至今闭目犹恍惚可见。余乃叹曰：向者，杨升庵以一介文弱书生，二受廷杖，几死，贬窜退荒卅五年，犹撰述不辍，岂不伟哉！人或以花喻女子，安知物无强弱，有志独化则雄。如升庵手植此青藤者，真大丈夫也。因作是图，会心者其谁欤？

题芦荡鹤影

秋水明兮倒碧峰，有鹤寒塘兮芦花丛。真骨瘦兮饮清流，非不举兮心力穷。君子苟能自爱，何地不乐融融！友鱼虾以相戏，荡微澜而涵空。九皋一鸣四山静，生命原在"观"字中。

鹤赋

若夫飘逸之鸟，联翩者鹤。晨遵九皋，暮宿林薄。乘云气以上下，留倩影于碧落。寒汀雪满，辽海电过。逊雕鹗之雄毅，乏鸾凤之彩翮。非对镜方舞，岂乘轩之具也。甘居下以遂性，渺澄旷而独立。仰天路其思举兮，秉贞素而忘机。悟文豹之犹隐，笑秃鹙之自矜。幸一枝而自足，愧数粒且未安。犯秋风而退飞，弄空明以澄鲜。照沧浪而愈秀，唳幽谷而殊清。

幽兰赋并序

余画室在郊外，亦陋室也。九龙江横前，众壑来归；观音山踞后，四时葱郁。今靖城之区，古兰陵之县。亭存道原，宋理学之师；坊立左辖，清海军之将。两岸沃土，十里蕉园。雾浓人淡，竹瘦楼圆。更有深山幽兰，香比琴韵，叶俏龙剑。终日相视，神清不倦。因作小赋，聊题画卷。

厥邦藏秀兮多兰若，汀洲极目兮山之阿。屈子沉兮掩涕，洛神降兮凌波。九畹移乎东海，芝田徙乎南坡。挺独秀以续魄，和群芳而再生。漱飞泉以清志兮，盘叠嶂而坚贞。月光莹其色兮，岂照水而增幻。日华酿其香兮，非从风以自远。在山泉易清，出山兰愈淡。居闹市之能静，傍美人而不乱。旧雨时来，曲水便可开筵。新知偶会，直肠或结金兰。羌内恕人以从善，又何

患乎影只而形单。倏鶗鴂鸣矣庭花落，或秋风起兮夕阳残。鸥
不来兮鹤又去，兰无蕙兮叶半干。苟能洁来洁去，便心定而气闲。
虽光阴之惨烈，我自与我周旋。云山犹在兮苗秀，幽兰斯馨兮
永悬。歌曰："皋兰之径兮漫漫，导吾行兮烂星光。时不再兮可
奈何，三嗅馨香兮举觞。"

原载《闽南风》，2014.10

——• 阅世虽深有血性 •——
——读郑朝宗、俞元桂二教授散文

世上有"教授小说",想必也就有"教授散文"。这不只是体裁与身份的分类,还应当是与风格、品性相关的命题。盖此类文"书卷气"特重,不但以学历、学识见长,且往往冒出知识分子的犟脾气。这种性情往往老而弥笃,诚如龚自珍所云:"阅世虽深有血性,不使人世一物磨锋芒。"

我有幸亲聆过郑朝宗、俞元桂二教授的讲座,更有幸得到两位先生手赠的散文集。读其书、识其人,心感身受,自谓别有会心,深以为二位的散文,便属此类"教授散文"。

其《护花小集》《海滨感旧集》似海岸崩石,挟风激浪。观其《重过清华园》《汀州杂忆》诸篇,便知郑老旗鼓不倒。在清华园那藤影荷声的忆梦中,作者吐露了心声:"我觉得有必要让青年们多知道一点解放前的情况,知道当时不同阶层不同信仰的许多人，曾经是如何直接或间接地为我们的正义事业奋斗的。"在他笔下，无论领导人、大学者、作家、亲友，乃至小辈无名，各色人等，笔之所涉，无不一一公允待之，扬善而不隐恶，而其直言更是正气凛然而宅心忠厚。

正气，来自明是非。《读〈阿金〉》《天才的预见——读莎剧〈裘力斯·恺撒〉》二文通过横扫古今中外的陋见、佞见、定见、曲见，于读书中抉发真理；而《说"狂"与"妄"》又明察秋毫，排除似是而非的俗见。此类文是作为教授的郑先生认识、干预现实的独特形式，也最具"教授散文"之特色。郑先生学贯中西，其行文至酣畅处往往中外古今掌故新知纷至沓来。《为苍蝇画像》《乡愁》便是此中精品。

俞先生的散文则具另一种风味。翻检《晚晴漫步》的目录，其取材与郑先生颇相类，所思考的范围也相近。然而俞文似老榕盘根，往往于苍老处见生机，于纠结处见精神。我爱读先生的乡思乡情，那两三个铜板一碗的"赐粉"，点几星香油，撒几粒葱花；那"像飘散的三千丈白发"的九鲤湖水幕；还有老祖父卜卜作响的水烟袋……我尤爱读先生的小记小议，如《佛跳墙》《蛮风的遗留》《晦气的禳解》诸篇，就在一席轻松的谈笑中，多少名实之辩，新、旧经济学之"精义"，理性的丧失，中国式的人情味……此类严肃而又可忧虑的问题被不动声色地提了出来，又在淡淡的幽默中得到清算。俞先生的本领就在淡中寓浓，幽默中见严肃，愈是排解不开的复杂心绪愈能见其游刃从容的功夫。《住院杂记》《依推嫂》诸文对价值观大变中的知识分子投以极大关注，亦喜亦忧，对问题做面面观，通情理又识大体，以不忮不求的心态对待纷繁的现实矛盾，充满宽容的精神。

阅历深难得，阅历深而有血性尤难得。郑先生有句话："老年人'狂'了，不仅可使自己的枯槁之心添一丝春意，而更重要的是会更好地理解青年人的思想感情。"（《一事能狂便少年》）俞先生也有句话："老人多所反顾，大抵正是为着未来。"（《过年》）两种趣味，一样心情：饱经民族沧桑的老人心与奋发新生的民族振兴事血脉相连。正因其有良知，有历史责任感，所以阅历深而不流于圆滑，有血性而不化为浮躁。

原载《福建日报》，1994.09.20

—— • 榕荫把卷话《辋川》 • ——

夏昼，浓密的榕荫筛下满地小小的光圈，重叠变幻。此时卧竹躺椅中，闲看唐代田园诗大家王维（摩诘）的《辋川集》，便直入清凉世界。

辋川是王维在京郊的一处庄园，既是生产基地，又是风景胜地。荷香鸟语，水木清华，是士大夫消闲的好去处。《辋川集》便是王维与友朋游赏其中所作的诗歌集子。万象撷入诗中，便丰神蕴藉，空灵婉妙。你看，这是临湖亭：

轻舸迎上客，悠悠湖上来。
当轩对樽酒，四面荷花开。

心仪已久的嘉客悠悠乘舸而至，继以饮酒高论，真是赏心乐事！最后点一笔：四面荷花开。气氛全出，真是情融入景的典型。再看文杏馆：

文杏裁为梁，香茅结为宇。

不知栋里云，去作人间雨。

山中有如此精致的建筑，自然是一景观。后二句最能动人遐想：山上屋里的云，飘到人间化为春雨……诗人不觉已站在仙人的地位，去看待人间了。集中也有描绘逼真而笔调鲜丽的，如写木兰柴（柴，同寨，木栅栏，此为地名）：

秋山敛余照，飞鸟逐前侣。

彩翠时分明，夕岚无处所。

秋来满山红叶，还有未红透而呈黄呈绿的杂色树叶，斑斓可爱。"彩翠时分明"注家多解为形容此种斑斓，但我觉得"时分明"似乎更具动感，应是形容飞鸟相逐于沉冥暮霭之中，灭没其间，时隐时现，渐远渐逝者。

《辋川集》中如此妙境俯拾皆是。我于是想到阅读应有两个层次。一是历史的层次，则将文本放置在历史的背景之中，体味诗人诗心。这一个层次我们的文史工作者已做了大量工作，大多数读者已多少明白王维是个"诗佛"，他的许多诗有"禅味"，其审美趣味属封建士大夫一边，等等。另一个层次是当代的层次，则读者有权从文本中引发想象，做自己的梦。这得靠读者自身的解放。在那求生存尚属艰难的时代里，生活无着落，饥肠辘辘，惊魂未定，岂容你品味这《辋川集》中的闲情逸致？如今，经济革命给人们带来了余裕，过去游山玩水品茶养花是士大夫的专利，而今普通人家也都爱来摆弄摆弄了。真是："旧时王谢堂前燕，飞入寻常百姓家。"不少人已经能欣赏王摩诘《辋川集》这类高雅的诗歌艺术了。《光明日报》上登载的"袖珍读书系列问卷"答案便是明证。今日之读者有权不去理会诗人当年在诗中伏下的"禅机"，只从自然美的角度欣赏它、享受它。

原载《福建日报》，1995.07.04

—·吏治·—

读《日知录》，果然日有新知。比如我们总说"官僚政治"，殊不知，古代中国更多情况下只是"胥吏政治"。

《日知录》引吾闽长乐谢肇淛云："大抵官不留意政事，一切付之胥曹，而胥曹之所奉行者，不过已往之旧牍，历年之成规，不敢分毫逾越。"胥吏办事只依据"历年之成规"，叫作"例行公事"，无论形势变化如何，皆翻陈年老账，"以故事虚应之"，所以胥吏愈是忙忙碌碌，吏治就愈是一塌糊涂！晚清时，八国联军攻入北京，慈禧太后挟光绪皇帝奔西安，这才痛定思痛，发了一道"上谕"称："我中国之弱，在于习气太深，文法太密。庸俗之吏多，豪杰之士少。文法者，庸人借为藏身之固，而胥吏倚为牟利之符。公事以文牍相往来，而毫无实际……困天下者在一个'例'字！"当时中国之弱当然不是一个"例"字。慈禧罪魁祸首亦不得辞其咎，但对"例行公事"之弊，总算是有个深切的认识。

　　吏治之弊，要害在当官与办事相脱节。盖官者，三五年一换，而吏却"长治久安"，以不变应万变，"铁打的营房流水的兵"。封建时代选官以科举，将文才当成经济才，结果是大多数官员无能或无力办事，业务不熟悉，只好依靠胥吏来办事，而吏则以办事为饭碗，据以获利。这样一来，当官的是为当官而来，不为办事而来；吏亦不为办事，只把"办事"当获利之具。所以官与吏愈是脱节，就愈是分不开，直至狼狈为奸，如影随形。如此吏治如何得清明？

　　所以官必通业务不受制于吏，吏应多换岗位，不使其尸位素餐乃至据为巢穴，则吏治庶几可清。当然，这指的也只是封建时代的"清"，距当代政治则尚远矣。

　　　　　　　　　　　　　　原载《福建日报》，1998.05.04

——·《登科记考》记趣 ·——

　　做学问有时也真像是在捡破烂，时不时要翻故纸堆，枯燥得冒烟。不过，只要你心平气和地翻，也会有莞尔一笑的时候。

　　就拿《登科记考》来说，它是清人徐松对唐五代已散失的科举登第人名录所做的资料钩稽，30卷。我因研究课题关系，常随手翻翻。久之，我发现唐代分科选官的名目还挺别出心裁的，除进士、明经之类常科外，还时而设些什么洞晓章程科、词殚文律科、才高位下科、志烈秋霜科之类制科。更有奇者，如养志丘园科、抱德幽栖科，乃至销声幽薮、安心田亩、藏器晦迹、隐居丘园不求闻达，也居然一一列为科举之目。既然安心田亩、销声晦迹、不求闻达，又何来应举之人？嗨！"世界真奇妙"，偏有。唐人赵璘《因话录》中记载："德宗搜访怀才抱器不求闻达者，有人于昭应县逢一书生，奔驰入京，问求何事，答云：'将应不求闻达科。'此科亦岂可应耶？"而《登科记考》于"不求闻达科"下就有蔡广成、刘明素的大名。据云，其时荐九人，只有窦群一人"独不除授"，其他"不求闻达"的都"闻达"了。真堪发一大噱！

"发一大噱"之后，低头细思，不禁冷汗出背。看来，无论什么东西，都能成为陷阱。既然士子好沽名钓誉，那么天子就能以名沽之、以誉钓之。你不是"不求闻达"吗？那就可以以"不求闻达"为名目，广布钓钩。

这么说，岂洁身自好不求闻达者必如是耶？好名者必如是耶？也未必。我们不是曾经在很长一段时期内将"好名""求名"视为不赦的罪恶，批得体无完肤吗？结果怎样？"私"字没批掉，倒是将人的自尊、自爱给批没了，弄出一些"不要"名也不要脸的人来。其实，好名、求名未必就是坏事，"豹死留皮，人死留名"，求个清名、留个英名有啥不好？愚以为，爱名则近乎知耻，只有好名而不惜名、求名实为求利这才坏了事。盖好名而不惜名，则其求名也不择手段，不惜以名求利，则必离名节而就功利，岂顾廉耻。

原载《福建日报》，1995.02

—· 从《红楼梦》到可口可乐 ·—

这回说说东洋人读中国书。

我总以为东洋人比西洋人更亲近我们的文化，但看日本学者中野美代子《中国人的思维模式》，作者的口吻似乎并不这么认为，她觉得西方文学更容易引起共鸣。这也许是时代感比地域更具影响力的缘故吧。也大概由于这一缘故，作者老不知不觉要用西方标准来衡量中国的事物。譬如说，她认为《红楼梦》缺乏悲剧精神，《儒林外史》缺乏讽刺精神，而两种精神在我们看来不正像和尚头上的虱子——明摆着的吗！是的，高鹗续《红楼梦》是有个近乎"大团圆"的结尾，甚至如《窦娥冤》也会有女主角惨死后由乃父来平冤狱的结局。可是只凭一个结尾就能否定其"将美好事物毁灭给人看"的悲剧精神吗？至于《红楼后梦》《补红楼梦》之流狗尾续貂不足以否定《红楼梦》本身，只能说明中国悲剧文学产生艰难，同时也从侧面反映了旧时代现实中国悲剧已够多，人们想借文艺透口气的愿望。至若《儒林外史》，有没有讽刺精神，只要是对中国科举制度及相应的士大夫精神状态有所了解的中国人，恐怕是不会有异议的。这也许仍然是一种文化隔膜。

那么，用西方眼光看中国东西就定会出错？也未必。倒是尚未"验明正身"便想象联翩，将西方的东西"意译"得似是而非不中不西的，却又当成"原汤原汁"出手，这种方法最易出错。该书对"中体西用"的透视就颇深刻。作者说："中国人接触到的欧洲学问只限于兵器、船舶等制造技术，即实用学问。因此，作为'用'的'西学'，无论如何也比作为'体'的'中学'低下。这种认识使得欧洲任何事物都未能原原本本为中国人所接受。"举个例子，Coca Cola，日本人按音译为"口咖口拉"，中国人则按其美味效果译为"可口可乐"。这一译，更有助记忆了，然而鲁迅当年曾嘲笑过将外国姓氏套上中国百家姓，而译女性姓名时，姓氏还另加草头、女旁、丝旁的做法（《咬文嚼字》），为的就是反对失真，要力求"原原本本"。作者还举了个例子：realism，我国译为"现实主义"，日人译为"离阿里子母"。日人要明白是什么意思，就得查原文注释强记，不好"想象"；我们呢，一"望文"便能"生义"。按过去的经验，这可是一个"革命的"词汇，强调对现实的批判。但据作者说，《新英日字典》该条目列出原义有：一、现实主义，现实性；二、（文学、艺术等）写实主义，写实性；三、（哲）实在论、概念实在论（下略）诸多含义。我们在使用"现实主义"时恰恰忽略了"实在性""写实性"，我们老把"写实"混同于"自然主义"，这下可就走了样。看来，对西方的东西一是介绍时要尽量"原原本本"，勿发挥想象力；二是不要以之不管三七二十一硬套中国实际。读者诸君以为然否？

原载《福建日报》，1995.11.07

—— · 题画 · 诗心 · ——

　　翠雨漫天，闲读戴醇士《赐砚斋题画偶录》，自然是一种享受。戴氏云："诗、古文词，耳学也；书、画，目学也。"不由记起莱辛关于画是空间的艺术，而诗是时间的艺术那著名的论述。所谓"耳学"，是强调诗歌要依靠语言音韵来塑造意象，即"时间的艺术"；所谓"目学"，是强调书法与绘画那直观的视觉形象，即"空间的艺术"。中西学者在这里相视而笑。不过，中国人似乎更注重诗与画之间的内在联系，无论书画之形象，还是诗歌之意象，都追求一种效果：引发读者、观众的"兴"，再造"象外之象"。所以戴醇士接着说："近人作画，先构图名，执笔绳目，犹以鼻饮，以眉语……当赏诸语言文字之外。"他的意思是：不要像命题作文一样画画。要超出语言文字的图解，去追求画境独立的意味。意味，是诗画沟通的关键，画境的意味便是诗心。

　　"凉风沁秋，双竿自戛，如有人语出深林间。褰裳往从，不识其处。归而写此，掷笔惘然。"

秋风瑟瑟吹动竹竿，戛然有声，正是王摩诘"空山不见人，但闻人语响"的境界，属动态的时间艺术，如何画得出？可是画家恰恰正要追求这一诗心，所以难免"掷笔惘然"。

"山石荦确，村路逶迤。荒陂无人，空林自响。推篷怅望，不知自在晚烟深处也。舟过南安作。"

山石村路，荒陂空林，组成画境，但背后是"不知身在晚烟深处"的诗心。如果没有这份游子的惆怅，荒山野岭还有什么意味？对诗心的追求，作者颇为执着：

"西风萧瑟，林影参差，小立篱根，使人肌骨俱爽。时史作秋树多用疏林，余以密林写之，觉叶叶梢梢，别饶秋意。"

改疏林为密林，目的是追求更多的秋声。秋声画不得，可以密叶的动态暗示出来，故曰："觉叶叶梢梢，别饶秋意。"由此，我悟出中国画何以重视题画。佳题往往显出诗心：

"多宝峰一角，剪烛听鸿，率尔操管。"

"柳阴系艇，于闲冷中领空旷之趣，殊胜千岩万壑也。"

多宝峰可画，剪烛听鸿之情不可画，乃诗心所在，经此题画轻轻点明，境界全出。"柳阴系艇"，形象简，画幅窄。然而，题云："于闲冷中领空旷之趣"，则启人心扉；艇者，可东可西，可南可北；而曰"系"，则化动为静，凝时间为空间，静中含动。画幅有限，艇之势能却指向无限，故"闲冷"中有"空旷"之意味，"殊胜千岩万壑"矣！难怪戴氏颇为自得云："笔墨在境象之外，气韵又在笔墨之外。然则，境象笔墨之外当别有画在。醇卿深于六法，其为我参之。"

看来，题画不是画题，画牡丹则题"国色天香"，画山水则题"千山万壑"，此标签耳，不足与语题画。题画之妙，全在显示诗心。事境依着诗心，则画外别有画在。看似玄虚，却是实证。

原载《福建日报》，1995.07.25

—•对死亡的美学沉思•—

——夜读李贺歌诗

伽尔文·托马斯说："对于我们的祖先说来，死亡是最大的不幸，是最可怕的事情，也因此是最能够吸引他们的想象力的事情。"中唐青年诗人李贺正是在生与死的沉思中激发想象，展开夜一般的双翼，飞越人间世，进入那神秘的非人间。在李贺歌诗中，"死"字出现频率甚高，达二十多次。只要稍加排比便不难发现，它是李贺刺激生命力的武器。试看：

"报君黄金台上意，提携玉龙为君死！"

这样的死给人以崇高感而非恐惧。死，便是力度。故李贺往往用"死"强化某种效果，如："一方黑照三方紫，黄河冰合鱼龙死。""鱼龙死"以见天寒之甚。"津头送别唱流水，酒客背寒南山死。"这是借"死"字言别情之深。李贺甚至以"死"来强化喜乐的效果："南山桂树为君死。"君，这里指神。王琦注云："南山桂树受神之披拂者，亦为之死。死者，犹言喜杀。"尤值得注意的是，他还以死见永生："王母桃花千遍红，彭祖巫咸几回死。"仙人之死更见仙界之永生。至此，李贺已用死亡意象沟通了人与非人的世界，泯灭了生与死那不可逾越之鸿沟。《苏小小墓》写来柔肠似水，十分凄美：

"幽兰露，如啼眼。无物结同心，烟花不堪剪。草如茵，松如盖；风为裳，水为佩；油壁车，夕相待。冷翠烛，劳光彩。西陵上，风吹雨。"

这样美丽的精灵，令人不禁想起《九歌》中的山鬼，《聊斋志异》中的狐仙。在死亡想象中，死者依然"活着"，死只是别样的生存。

然而，青年诗人对死的思索是深沉的：在时间面前，一切都是变化的，只有在变化中才有永恒，请听《浩歌》：

"南风吹山作平地，帝遣天吴移海水。王母桃花千遍红，彭祖巫咸几回死。青毛骢马参差钱，娇春杨柳含细烟。筝人劝我金屈卮，神血未凝身问谁？"

精神血脉既然不能永远凝聚而长生世上，在不可逃避的死的面前，怎样的生才是有价值的生？这是令人忧心如焚的疑虑之所在。死亡问题事实上仅仅是认识人生价值的一分题，人往往要面对死才能领悟生。"死去原知方事空"，可我们一旦以这个"空"为界回首人生，则死亡阴影的掠来便会像倒计时般促使我们去充实生命。用现代存在主义者的语言叫作：借死亡归期唤醒亲在。但我宁可用这样明白的表述：以生拥抱死。这才是李贺《浩歌》的结句："二十男儿那刺促！"

原载《福建日报》，1995.08.01

——• "适者生存"？ •——

从小听惯"适者生存"，所以对它不用说是"怀疑"，连"不怀疑"的念头也未曾起过。题目上的问号是前段读托马斯·哈定诸人所著《文化与进化》时才安上去的。

该书作者认为，进化的持续在于那些未被高度专化的新物种的产生。其中某些较为泛化的突变种，具有一种新型适应或适应新型环境的潜势。看来，这是两个互相矛盾的命题：物种的蜕经是为了提高对某环境的适应，但一旦完全适应了，则不复进步，适应性成为一种自我限制。反而是那些尚未专化的、尚未高度适应了的物种，正因其不稳定、易变异而有更好的发展前景，这就叫"潜势"。也就是说，最适应者最不具有潜势，不适应而力求适应者最具潜势。正是在这层意义上，已取得成就的人通常很难再连续取得重大发明创造的成功，原因就在于他们已适应了某个特殊的思维方式，或适应了某种已过时了的文化类型，很难有变异，不能出现飞跃。而年轻人由于不适应、多变异，所以有潜势，往往具有"落伍者的特权"，较少受旧思路、旧文化类型的限制，在变异中取得飞跃，迅速地适应新型环境。

就本质而言，"潜势"的存在并不在于"年轻"，而在于"不适应而求适应"。明白了这一道理，则中年乃至老年人也可以取得潜势，难怪海涅要说："啊！众神呵，我并不祈祷你们还我青春，我却要你们给我留下那种青春的品德。"

适应与不适应的关系无疑是辩证的。从这一角度看，"这山望见那山高"未必就是坏事。事实上，有志者倒应当有意识地摆脱那令人惬意的适应——舒适，在新的不适应中发挥潜势，以求得更高层次的适应。《艾科卡自传》中就有这样一个自觉者——福特汽车公司成绩斐然的高级职员格林沃尔德。他"在加拉卡斯日子过得挺美"，却放弃了，自愿到濒临破产的克莱斯勒汽车公司去。理由是："他实在不忍放弃克莱斯勒公司提供的让人动心的机会——去拯救一个规模庞大，然而日益衰败的公司。"这就是"自找苦吃"中的乐趣，是潜势法则中最诱人的内核！多扮演几个不同的角色，多在几个不同岗位上露一手，自觉地从原有的适应投入新环境的不适应，闯出新型的适应，这已经是当代人由生存走向存在的新思维方式。

适者只能生存于旧环境之中，不适者却将发挥其潜势而生存于新环境之中。

原载《福建日报》，1995.09.26

——• 我读《唐诗三百首》 •——

　　我小时有过一本小三十二开的《唐诗三百首》，是从父亲那森严壁垒的医药书的夹缝中抠出来的。已没封面，也没注解，白文，但有新式标点，也不知道叫啥"版本"。铅印，竖排，一行只一句，一页分上下两行，就这么叮叮当当地从右而左地横贯过去，好似两排跳动的钢琴键，或手拉手过马路的小朋友。书里还有一幅题花似的小小插图：一个和尚在念经，背后一个小和尚正伸手偷供桌上的果子，另一只手已往嘴里塞果子了。

　　说来也怪，在似懂非懂中，我印象最深的是陈子昂的《登幽州台歌》和最末杜秋娘那首《金缕衣》。说不出为什么，只觉看了胸中便突然似有什么东西在跃动，要冲出胸膛来。现在早已"知天命"，重读时至多只是感慨地叹口气，不再有那种生命的冲动了。于是乎记起日本学者吉川幸次郎《中国诗史》里说到李商隐时的一句话："我若在年轻时没有接触到这个诗人的话，也许就终生失去了喜爱这个诗人的机会。"我也许得庆幸，在儿时偶然发现这本《唐诗三百首》，要不，"也许就终生失去了喜爱"
唐诗的机会。

《唐诗三百首》是二百三十多年前一位别号"蘅塘退士"的
人编的儿童教科书。因为编的年代离唐代很远了，经过时间的
淘汰，那些脍炙人口的诗便显露出来，容易入选；也因此一本
小册子在手，便可感受一个大时代文化命脉的搏动。所以，虽
说是本"世俗儿童就学"的通俗选本，却成了唐文化精华的载体，
对当代大学生们也挺合适。

如今，青年一代对传统文化不太感兴趣，不但是海内的老
头子们摇头、叹气，海外的老头子们也都摇头、叹气。一些海
外华侨纷纷将儿孙辈送回大陆，为的不就是让他们感受一下炎
黄文化？但其奈大陆浸泡在炎黄文化之中的青年却"身在福中
不知福"何？况且报载一些地方的戏院、书店等文化单位也在
为"经济效益"让路，你叫"传统文化"往哪儿搁？我于是想
到我儿时拥有的这本最省空间与时间的小册子——《唐诗三百
首》。当然，我只是想说，要像蘅塘退士那样认真有成效地来搞
传统文化的普及教育，以免孩子们对传统文化"也许失去喜爱
的机会"。

原载《福建日报》，1996.10.24

—·壮哉，独行者·—

鲁迅笔锋犀利，在当前却往往被目为"刻薄"，其中颇为重要的原因我想是由于没有对抗文本同在。鲁迅生前就曾发愿要编一本《围剿集》，使人能明白围攻者的阴面战法。现在，由于孙郁编《被亵渎的鲁迅》一书的出版，算是了却此愿矣。

读这本对鲁迅谩骂的集子，灵魂受到震撼的程度，是我始料之所未及。一群诗人、学者、绅士、淑女、"青年革命家"，在此类文中言行粗鄙到令人难以置信。尤其是苏雪林女士，我一直以讲理的女学者待之，不意竟也作如此不堪复述的诅咒。只有看过这些"文章"的人，才会认识到鲁迅对迎面泼来污水者是何等大度。在我民族前行的历史中，先行者往往孤独、寂寞，不为众所容。阮籍、嵇康，徐文长、李卓吾，哪一个不是在寂寞中茕茕孑立，踽踽独行？他们的行为生前甚至不为亲人与挚友所理解。那位在封建社会末期曾大呼："我劝天公重抖擞，不拘一格降人才"，一篇《病梅馆记》万口传诵的龚自珍，生前不是被目为"奇僻"人，凭空编排了许多轶话来丑化他吗？甚至他的挚友，同为"向西方寻找真理"先驱的魏源，也"常恨足下有不择言之病"，而忠告他"此须痛自惩创，不然结习非一日可改也"。呜呼！知心者尚如是，庸论碌碌之辈！斯所以有杜甫为李白所发痛彻肺腑之言："众人皆欲杀，我独怜其才！"

在我们的传统文化中，有排斥"异端"的深层的东西，"众人皆欲杀"，不但是敌方，也包括其他方面的人。从这本集子中也可看到，围攻鲁迅的不只是军阀，还有绅士、淑女，有诗人、学者，有老顽固，也有"新青年"。无论北洋军阀，还是国民党政客，乃至共产党左倾领导人，都参与围剿。看来，要"知人论世"，不但要"读其书"，还要"读其对立者之书"。从《被亵渎的鲁迅》一书中，我不但因此而了解了围攻者在"端庄""客观""中庸""费厄泼赖"背后的阴面战法；也因此而理解鲁迅讽刺之所以锐利到"不近人情"的底蕴；更因此而痛感到传统文化中"温柔敦厚"的另一面；进而感悟到宽松的人才环境之可贵，并为我民族先行者那种鲁迅称之为"绝望的战斗"的顽强精神而骄傲：

壮哉，独行者！

原载《福建日报》，1996.05.30

—·—　别样的境界　—·—

久在卡拉 OK 与街市嘈杂声中穿行，忽一时登山，嗡嗡之音渐远，便会心旷神怡起来，似入别样的境界。

因偶然的方便，我参加北京人民大会堂举行的《四库全书存目丛书》首发式，由此得到第三十七册的样书。翻阅这本沉实厚重的巨著，一似走在广漠的草原，看"风吹草低见牛羊"也有进入别样境界之感。

《四库全书》是中国第一大书，号称文化渊薮。但列为存目（有目录而无原文）的内容，竟是《全书》的两倍！此中有吾闽先贤李贽的《藏书》《续藏书》，有《元典章》《明书》，有明朱国桢《涌幢小品》，清顾炎武《天下郡国利病书》等等，都是有极高资料价值的东西。就手中这一册言之，就有《洗冤录》这样的元刻珍本，为当时四库馆臣所未及见。此书十八世纪就已经有法文译本，此后又有英、荷兰、德国出版的各种文本，是世界法学史上重要的典籍。想一想，将有一千二百册如此精装烫金的巨著衮衮问世，是多么令人神往的一笔文化财富呵！想一想，这样一部巨著，却由一些学人牵头，由企业家赞助而成，又是何等大气魄！何等大宏愿！

我总相信，在一个有过白鹿洞书院、嵩阳书院、岳麓书院的大地上，在一个敢于以血为墨抄写经书的民族里，总不乏耻无传统者。我又认为，当桃嫁接在李上，结的虽是桃实，但其根本是李树，则其果实与原来的桃已不是一码事。这里没有"体"和"用"的分别，只有嫁接与被嫁接者的相互认同。中西文化的关系何以不能为桃李之间的这种嫁接关系？将西方好的东西、先进的东西，嫁接在健康的传统文化植株之上，只要得当，必能结出比原来二者都要丰美的果实来。

我敬佩那些用体温呵护传统文化的人们。在他们中，不乏"洋博士""洋硕士"，异国他乡的经历使他们更明了母语文化的价值。他们也明白，整理"国故"，应当是为了理出其中健康的植株，并不拒绝嫁接上苗壮的外来文化。

抚摸这本《存目丛书》，我有了这种别样的感受。

原载《福建日报》，1996.05.09

─· 笨中取巧 ·─

只听说过"投机取巧"，没见说"笨"也能"取巧"。然而笨与巧本是一对矛盾，有时也会相互转化的。

郑朝宗先生讲授《管锥编》，曾不无感慨地说："钱锺书是绝顶聪明的人，却偏要用最'笨'的功夫做学问。"每读钱著，总不由得要叹服郑先生眼明如月。与《围城》的处处透出灵气不同，《管锥编》处处显出朴学式的扎实。的确，那种从浩如烟海的资料中爬罗剔抉钩玄提要寻坠绪之茫茫的功夫，一丝不苟到令人疑其方法之笨的地步——事实上不少人便是只把《管锥编》当类书看。随手举个例吧，《周易正义》"象曰：天行健"，孔颖达注疏曰："或有实象，或有假象。"这条不起眼的唐人注疏被钱氏一眼看中，围绕这实象、假象，在约二千五百字短短篇幅中，引了陈骙《文则》、章学诚《文史通义》、释书《大智度论》之类资料不下十九处；维果、柏格森、古希腊怀疑派等外文议论不下九处。在旁征博引中，哲理之"象"与文学之"象"理有相通而貌同心异的本质愈辨愈明。盖哲学家为说理陈义而取譬于近，假象于实，譬喻中的形象不过是通往义理的桥梁，只要明理，则象可变换，到岸则舍筏，不必泥于象。文学之象则否，诗者，有象之言，依象成言，没有了形象也就没有了诗本身。诗中形象绝非过客之旅亭，而是哭斯歌斯，聚骨肉之家室。故《车攻》之"马鸣萧萧"，不可易为"鸡鸣喔喔"；《无羊》之"牛耳湿湿"岂能改成"象耳扇扇"！进而言之，如果不明白这一分别，误将诗之形象认作某种影射，乃至热衷于寻觅超出形象自身之外的什么"言外之意"，深文周纳，移的就矢，索隐附会，就会使诗的欣赏化为诗的拷问。宋代"乌台诗案"，王珪指苏轼咏桧诗"根到九原无曲处，世间唯有蛰龙知"是影射攻击"真龙天子"，硬派苏轼有"不臣之心"，便是令人发指的一例。

钱先生为区区一条注疏花如许气力，看似笨功夫却是巧不可言！因为这条区区的注疏经他这么一剔抉，我们这"千年古国古"的一条老病根——不把诗当诗，混两"象"为一谈——也就显露了出来。厚积薄发，一发破的，你说是不是"笨中取巧"？如果只知在故纸堆中讨生活，"为考据而考据"，一味"只管播种不问收获"，那"功夫"也就白花了，只剩下个"笨"字。

原载《福建日报》，1996.08.22

—· 多歧一贯 ·—

　　说不完的《管锥编》，容我再说一回。

　　《管锥编》中辩证法随处可见，连一个字的字义，也可揭示其矛盾的对立统一。开篇第一节"论易之三名"指出："不仅一字能涵多意，抑且数意可以同时并用，'合诸科'于'一言'。"黑格尔曾夸德语"奥伏赫变"（扬弃）"以相反两意融会于一字"，而讥笑汉字"不宜思辩"。钱锺书先生嗤之曰："其不知汉语，不必责也。"事实上汉字有很强的表现力，能寓多种歧义于一贯之中。如"易"，就有"易也，变易也，不易也"三义。再如"乱"字，古文中可兼训"治"；"已"，可训"成"，也可训"亡"；是"两义相违而相仇"。也就是说，有的汉字一字包含有相反的两种意义。譬如"望"字，远瞻可称"望"，有希冀、期盼、仰慕的意思；而愿不遂、志未足而怨，也可称"望"（《管锥编》第三册论《高唐赋》）。钱先生指出："字义多歧适足示事理之一贯尔。"两种对立的东西往往有其内在联系，"物极必反"，在一定条件下会互相转化，某些汉字的多歧一贯正表明先民对这一规律深有会心。宗白华先生《美学散步》曾举《易经》的《杂卦》称："贲，无色也。"而"贲"字又有相反的意义，如《书·汤诰》："贲若草木"，注："贲，饰也。"《周易正义》卷九云："贲者，饰也。"宗先生指出：其中包含了华丽繁富的美和平淡素净的美这两种美的对立统一。"贲"本是斑纹华采，绚烂之美。白贲，则是绚烂又复归于平淡。这就叫"极饰反素"。如中国画发展到水墨画，有色达到无色，只单色的墨色，就可以有极大的表现力，达到"墨分五色"的美的境界。由此可悟及汉字的多歧义适足增加汉诗的表现力，如陶渊明佳句："采菊东篱下，悠然见南山。""见"字有本子作"望"字，苏东坡认定是"见"字，理由是："采菊之次，偶然见山，初不用意，而意与景会，故可喜也"——（《陶诗汇注》）。吴淇《六朝选诗定论》因此进一步阐释道："望有意，见无意。山且无意而见，菊岂有意而来？"现代学者程千帆教授又从而发挥说："本事采菊，山色忽呈，采菊之心情遂移为看山之心情，继复由欣赏山气之佳，而及于飞鸟之还。此时或已忘其初乃为采菊而来篱下矣！"愈解而境界愈出，却不离陶诗"此中有真意，欲辨已忘言"的原义。这一切当然都基于"见"字本来就有"目睹"与"显露"诸义。汉字有"六书"，其一为"会意"。汉字的多歧与会意正好给读者留下足够的想象与再创作的空间。这一点，算是对上回说到文学之象不应是影射之象，不要热衷于寻觅超出形象自身之外的"言外之意"的补充。

原载《福建日报》，1996.09.05

—• 喜从求实见更生 •—

　　陈祥耀先生大概自 40 来岁起就被尊为"祥老"了，这当然与他的博雅淹贯有关。祥老为人豁达大度，翩然有仙风道骨，而于学问之道却绝不苟且，水石相搏形成一种沉着痛快的学风。其 69 岁刊行的《中国古典诗歌丛话》最见此种精神，用祥老的诗句来概括，便是："喜从求实见更生。"

　　作者序称，此书属稿于 30 年前，近数年始加修补。其论诗"虽力求博采，而必折衷于己见，非敢妄为模棱调和之论，实欲力求平心全面之旨。"其厚积薄发可知。

　　这就叫宅心忠厚。这就叫求实。然而从中可见其才气，见其功力，见其新意。随手举个例，作者论盛唐山水田园诗说："或曰山水田园诗皈向自然，为逃避现实之作，不应重视。噫！是何言欤？夫自然之爱，为人类审美感情发展必至之一境；且漫长之古代社会，政治之清明几何？士有厌宦途之奔竞，复不能厕揭竿之行列，则寻精神之净土，投自然之母抱，亦有不得已者。

'物色之动，情亦摇焉。'寄山水田园以为吟咏，植艺苑之芳葩，陶审美之高操，其有裨于人心世道，亦非浅鲜。轻而诮之，徒不知文学效用之全。"批评不可谓不尖锐，但这实在是平心而论，非为惊人语而作。恰好相反，这是对过激言论的折中，痛快中自有沉着，究其原因无非为了求实，求实中自见更生。

再拈一例。作者论黄庭坚云："其人之才学，并不特见雄富；其诗之意境，并不特见高妙，所以独享盛名，几欲匹配苏轼者，特以具有独到之功力技法。功力技法，要在炼气与炼句二者，盖能合杜诗律句之拗调，绝句之横放，后期古体之朴老；韩诗之排奡与险硬；义山之琢句与用典，而一炉烹炼之。多使逆笔，多用峭起、猛转、硬煞法，气内敛而横出，调拗折而涩硬，奥衍劲峭之中，时复有妩丽晶莹之韵，故常语能抑遏为艰辛，现语或不失乎情致。此其所擅，已足为后人立一法门，资其继续开拓，亦独有千古也。"这种批评无异徒手相搏，来不得什么花拳绣腿。如果不是于诗歌创作甘苦有得的大力者，是写不出这样贴切、实打实的批评来的。其中"峭起、猛转、硬煞"诸语又使人想起祥老那手过得硬的书法来。如果将此著作与祥老手书《喆盦诗集》合读，更能见祥老痛快沉着的风格。

求实不等于文风就平直无变化。祥老文笔气劲神完，触处生春。兹尝一脔可知其味："（龚自珍）以敏锐过人之思力，倜傥自喜之性格，愤世嫉俗，发而为诗，哀乐无端，幽光狂慧，真有'来何汹涌''去尚缠绵'之概。《己亥杂诗》七绝315首，为其代怒者、倾泻者、涩硬者，亦皆有动人之浏亮音节，过人之缥缈情韵存焉，如梁启超《清代学术概论》所谓使人读之'如受电然'。"不但批评准确，且长句短句错落如大珠小珠落玉盘，一泻而下，如沐清泉，令人忘倦。

　　祥老此书出版已多时日，藐予小子，何须再赞一言，盖有感而发耳。所感者何？感"薄积厚发"，以著书为易事；感无中生有，你说黑我偏说白而非真白，以"反模仿"为能事；有感诸如此类为人计较却于学问之道之所谓的轻薄行为也！读祥老诗话，可疗此顽疾。

原载《福建日报》，1997.12.05

———·新知培养转深沉·———

年初买到一本唐君毅的《中国文化之精神价值》，断断续续地读着。似那模糊的影像随着水面平静而明晰，脑海中晃动的一些问题在掩卷而思中也渐趋明朗。

近年来，不少海外学人颇关注传统文化的再生，连带而来的是对"五四"以来的"反传统主义"的反省，并因此而引发了一些大陆学者的再反思。诚如唐君毅所说，"顾中国近百年来之人，对于西方文化价值之肯定，实太偏于专从功利观点着眼。"太平天国、康梁维新、洋务运动乃至五四运动，对西方文化价值之肯定的确有其明确的功利目的，那就是要富国强兵，立于世界民族之林。五四运动既是学生爱国反帝运动，也是倡科学、民主的新文化启蒙运动。二者的关系好比火遇到风，"赛先生"（科学）与"德先生"（民主）借学生爱国主义运动蓬然展开，顿成燎原之势。这在当时是浑然一体如火在薪、如利在刃，并无异议。事隔数十年后，我们来重新审视二者的关系，自然要冷静得多。一种意见认为，以科学、民主为富国强兵之手段，容易发生偏差，忽视对西方文化价值作整体的研究，如唐君毅所云："皆不能真曲尽其诚，因而内心对之，恒缺真正亲切感"，"而未能真正直接肯定西方文化价值"。由于对西方文化价值缺乏真切的了解，也就容易引发"全盘西化""反传统主义"，造成"文化断层"。这种意见不无深刻之处，五四以来80年间的历史教训的确证明反传统主义的偏颇无助于改造旧传统、吸收外来文化、建设新文化传统。然而一些论者又由此引申，认为还是要回到传统，要重建"新儒家"，甚至认为学生爱国运动、救亡图存的斗争妨碍了以启蒙为使命的新文化运动，使五四运动归于失败云云。这就有"过犹不及"之嫌了。虽然已过去80年，但拭目来看当今世界，发展中国家仍需以富国强兵为国策，谁要是贫穷落后，谁就可能招来当代的"八国联军"，大而弱的国家也不得幸免。建设新文化也罢，都还需要爱国主义。贫弱的民族融入西方"大家庭"是得不到爱的。倡没有任何"功利目的"的"纯"新文化运动，比揪着自己的头发离开地球还要难。

写至此，我不由记起清代学者万经。这位经史专家曾写下副对联云："旧学商量加邃密，新知培养转深沉。"（朱熹诗联）如此通达的识见，即使置诸当代，也是许多"大师"级人物所不及的。传统与外来文化双方都得变。"培养"二字是关键。80年不算太短，我们应该学会除去浮躁的作风，更沉着些。对中西方文化都有很深了解的陈寅恪曾说过，对古人之学说，"应具了解之同情"。如果再加上对西方文化"真正亲切"的体会，我想五四开创的新文化运动庶几可以"转深沉"。在这层意义上，我欣赏唐君毅如下看法："故吾人今日必须一反此数十年以卑屈羡慕心与功利动机鼓吹西方科学与民主自由之态度，而直下返至中国文化精神本原上，立定脚跟，然后反省今日中国文化根本缺点在何处。"

原载《福建日报》，1999.05.17

·古道热肠·

——重读《送元二使安西》

"很长一段路的路面下陷达六英尺之深，也不知走过了多少牛车和驼队，才把这土路踏成这个样子，可是这却是经住了几千年沧桑的古路。"

这是瑞典探险家斯文·赫定笔下的丝绸之路。几千年沧桑磨不灭，几千年沙暴掩不住，人类交往在中亚古老大地上留下这深深的印痕，成了几千年来人们对这片热土的情感记录。这份情、这份意，像祁连山淌下的雪水，千年来汩汩地浸润着诗人的心。正是如此深厚的文化底蕴，才使王维《送元二使安西》成为"送别绝唱"。

说《送元二使安西》怕要生分些，说《渭城曲》或《阳光三叠》就耳熟了："渭城朝雨浥轻尘，客舍青青柳色新。劝君更进一杯酒，西出阳关无故人。"渭城，即秦故都咸阳的一处废墟。长安送客，长亭短亭，至此为别。班马萧萧，杨柳依依，客中送客，备觉伤神。

　　绝句好比篆刻，方寸之地要极腾挪变化之能事，让真情实景宛然如见，使读者低回想象于无穷。28 个字没有一个字是不要紧的，却又要像船熨过水面不留痕迹，难矣！可这正是王维的绝活。轻轻落笔，已渲染出离情别绪，画面明净澄鲜。第三句，一个"更"字将离筵提到高潮，却又欲语未语："功名万里外，心事一杯中！"（高适诗句）一杯之中，自有千言万语。我们虽然不知道元二为何人，但我们熟知安西这个地名，它是唐帝国在西域新置的一处都护府，府治曾设在吐鲁番的交河城。在大唐盛世，它可是个很有吸引力的地方：它召唤士子布衣去建功立业，豪客巨贾去获宝寻利，流人罪臣去求取再生……

　　西哲尼采曾大声疾呼："把你的城市建立在火山口下，将你的船驶向未经探测的海洋！"他主张主动去迎接挑战，体现一种强力精神。殊不知，我们的先民早就这样做了。西行，西行，希望伴着艰辛。这条道上，曾留下多少神奇的传说，曾埋没过多少志士仁人；这条道上，又有多少雄视一代的边塞诗倚马而成！然而，"劝君更进一杯酒"，这一句好比大观园正门那一道翠嶂，隐去园内百般景致千种风情。多少边陲歌哭事，尽在无言一杯中。可这一句又好比水闸门，闸住汹涌的情感波澜，蓄势既足，闸开处，一泻千里——"西出阳关无故人"！

阳关是个沉重的字眼，"春风不度玉门关"，阳关更在玉门西。你只要听一听汉代大探险家班超晚年那揪心的呼号："臣不敢望到酒泉郡，但愿生入玉门关！"你就能掂出"阳关"二字的分量。要紧的还不在元二还要由阳关再往西行，要紧的是西出阳关——无故人！

故人者，老朋友也。自从汽车飞机取代了驼峰马背，今人就颇难体会古人"行路难"的深意；而井然有序的社会结构、纵横交织的社团组织、无处不在的服务措施以及鸽笼式公寓、网络手机，等等，又使现代人习惯于人海独居而不必认真去理会朋友的远近。对刚从以血缘关系为基础的门阀社会中挣脱出来的唐人来说，"知己""故人"便意味着新的人际关系，是士子与豪门巨族争一席之地的必备盟军。所以，唐人王勃那"海内存知己，天涯若比邻"的诗句，虽脱胎于魏人曹植的"丈夫四海志，万里犹比邻"，但由于有"知己"凸现于海天之间，则声响备觉洪亮。

在人海中觅得一知己，就好比在瀚漠中发现一眼月牙泉，足矣！诗人设身处地为行人着想：没有故人的日子将有多么空寂！送行人思绪已先于行人飞渡关山。李白就曾从这一角度写道："我寄愁心与明月，随风直到夜郎西！"这份情意，有多么笃实淳厚！

我于是记起家乡的方言——古意。我们用它称道那些古道热肠笃实淳厚的人。是的，这"古意"，是一个古老民族历尽沧桑而不绝如缕的诗意。"阳关三叠"反复吟唱的，就是人与人之间这种最美好的关系。

原载《福建日报》，2001.12.22

——• 诗的真趣 •——

《随园诗话》里引王阳明的话说：“人之诗文，先取真意；譬如童子垂髫肃揖，自有佳致。”童子肃揖之所以能逗人，就因为他内在地保持着天真的本性。天真，就有“真”趣，而“美”就寓于“真”中。

诗，尤其是抒情诗，它的生命和价值，也在感情的“真”。这种真，可以是老杜式的执着、沉郁；也可以是太白式的豪放、飘逸。不过这多是成年人的“真”。还有一种是不失赤子心的“真”。中唐诗人卢仝的《村醉》诗，就是一首深得天真之趣的佳作：

昨夜村饮归，健倒三四五；摩挲青莓苔，莫嗔惊著汝。

一二两句：跌跌撞撞，村饮而归，仅写出醉人的“形”；末两句才传出醉人的“神”。喝醉了的诗翁一跤跌在地上，首先在意识上闪出的是“物我两忘”的意境。在儿童心目中，“物”“我”之间并不存在鸿沟，诗人醉里跌倒，以童子之天真爱抚着青莓苔说："别嗔怪；惊动你了！"此之谓："真趣"。

　　无独有偶，大词人辛弃疾也写过一首醉态可掬的词《西江月》，其下半片是：

昨夜松边醉倒，问松我醉何如？
只疑松动要来扶，以手推松曰："去！"

　　写好真趣要掌握分寸并不容易。一味讲些醉话，那就像老莱子"戏彩娱亲"，手里的"摇咕咚"只叫人反感，所以，王阳明还说："若带假面伛偻，而装须髯，便令人生憎。"

原载《福州晚报》，1983.10.19

闲话"闲书"

　　休闲日多了,怎样消闲便成了一个很实际的问题。《幽梦影》说得不错:"人莫乐于闲,非无所事事之谓也。闲则能读书,闲则能游名胜,闲则能交益友,闲则能饮酒,闲则能著书,天下之乐孰大于是?"的确,如果能"闲"而不虚,就好比"音乐间歇",在两段紧锣密鼓中间有个饱满的空白——"此时无声胜有声"。是呵,人生在世(这几个字太老气横秋了,且不管它,写下去再说)总难免有顺有逆有张有弛,再忙的伟人也要有闲暇的功夫让他调节一下,何况我辈?于是乎市面上就流行起"闲书"来。我说的闲书是指那些轻松可读的文艺小品之类,它能将你平日亲历而不见其乐的东西娓娓道来,使平凡不过的闲情顿时生色而乐其乐。比如午睡,有何乐趣?可经李笠翁一说,便有无限的乐趣:

　　"午餐之后,略逾寸晷,俟所食既消,而后徘徊近榻,又勿有心觅睡。觅睡得睡,其为睡也不甜。必先处于有事,事未毕而忽倦，睡乡之民，自来招我。桃源天台诸妙境，原非有意造之，皆莫知其然而然者。予最爱旧诗中有'手卷抛书午梦长'一句。手书而眠，意不在睡，抛书而寝，则又意不在书。所谓莫知其然而然也。睡中三昧，唯此得之。"(《闲情偶寄》)

在双休日如此午睡，倒也不妨一试。

其实，好的"闲书"片往能于闲笔中含一点哲理，启人心智。尤佳者还能于闲谈之中寓深沉，让人品味到人生的苦乐。沈复《浮生六记·闲情记趣》就有一段文字，描述沈复与其妻芸，在潦倒中作盆景苦中作乐的情景。他们日子虽然艰辛，却用几粒小石子，一网鸟罗，来营造盎然的生机，男女主人公对美的追求与鉴赏是气大财粗者所不可企及的，而其中那份苦中作乐的情境又令人读之心酸，教人久久难忘。

只是如此富有内涵的"闲书"并不多见，书肆上往往瑕瑜杂出，莨莠并陈。就以《浮生六记》论，其中就有不少以"一夫多妻"为思想基础的"记趣"文字，而于这些"闲书"中又有不少周作人、林语堂这些三十年代"小品文大师"的许多文章，用旧式文人的观点来指导现代人看"闲书"。"从轻发落"，至少这种导读也是不合时宜的。但目前似乎并没有人注意到"闲书"的精神渗透力量——在当前休闲日与休闲人日益增多的情况下，我倒想呼吁，请一些当代的专家搞些精选本加点评，兴许能让"闲书"的格调更高些，也更具时代性。

原载《文化生活报》，1997.07.07

—— • 梁启超的识见 • ——

梁启超是由政治家跌入学界的人物，所以读其著作最沁人心脾的往往是那些独到的识见，而非严谨的学问。如其所作传记《李鸿章》（一名《中国四十年来大事记》），将李鸿章与王安石作一比较，说：

"王荆公以新法为世所诟病，李鸿章以洋务为世所诟病。荆公之新法与鸿章之洋务，虽皆非完善政策，然其识见规模，绝非诟之者所能及也。号称贤士大夫者，莫肯相助，且群焉哄之，掣其肘而议其后，彼乃不得不用金壬之人以自佐，安石、鸿章之所处同也。"

寥寥数语，揭出历代士大夫的痼疾：缺乏务实精神，又缺乏宽容的心胸，老爱起哄。一件事发生，不是众手补救之、完善之，而是一哄而起，或"正名"或"追究责任之所在"，表白自己，却一任事情继续往坏的方面滑落。

　　我不知道李鸿章是怎样被掣肘的，但王安石的确是很吃了"贤士大夫"之苦，如果士大夫们采取宽容与补台的办法，王安石革新之成败，或另有结局。

原载《南方》，1998.02

武夷星槎

儿时望星空，总爱唱："蓝蓝的天空银河里，有只小白船……"那弯弯的月牙给人多少幻想呵！可惜自从宇航员登上月球，便一脚踩碎了我儿时的幻境。现代社会太现实了，现实到容不下一个美丽的神话。现代人的"神话思维"哪儿去了？我到海天佛国的普陀寻找，到峨眉金顶上寻找，到戈壁滩莫高窟去寻找；但满地易拉罐、塑料包装总在提醒我：你仍在市井之间。

现代人没有神话却还有"梦"。于是被现代节奏与噪音挤压急了，我们就躲进"梦"里，甭统计也能感觉出，"梦"字是当代使用频率最高的字眼之一，尤其在歌词中。

这回，到被世界旅游组织执委会主席巴尔科夫人誉为"世界环境保护的典范"的武夷山来，虽无寻觅那"鹃声雨梦"之意，却偏邂逅上久违了的"神话思维"。

旅社侧对大王峰，天气是乍阴乍晴。山雨来时，看窗外三十六峰，峰峰都在烟雨中，真是灵气百变，生烟万状；山雨过后，云间偶放阳光一束，落在一坪竹林上，直照得枝枝叶叶里外一片空明。从天游峰下瞰九曲溪，宛如一条小青蛇在丹崖翠壁间逶迤游动。可当你从星村放筏而下，身在九曲仰望壁立诸峰时，则巨石嵯峨青天一线，倒觉得似乎是碧流在上了。

武夷之胜，就在山水的妙合：一峰是一石，严整嶙峋，块然能壮；一水有九曲，时露时藏，婉转则秀。合雄壮灵秀于数十里耳目之间的山山水水，能不媚人？何况卧听滩头水响，泠泠浅浅，仿佛那晶莹的水珠溅击匀圆的卵石，发出木琴般的清音。竹筏贴着卵石底滑翔，返照将粼粼波光摄上石壁，倏忽伸缩聚散，似晃动的魔镜。偶有水蛇叼一只小鱼扭身而过，更使你感受到最原始的生态，令人神襟无上湛然。斯时斯景，能不动人遐思？于是耳旁悠悠传来筏工对千仞摩崖上的奇观——"架壑船棺"的评点。

船棺，我在武夷博物馆玻璃厨中见过，是残破的一具极其沉重的楠木船形棺。也不知古人用了什么"遁法"，将它"束之高阁"，蹲在半壁上冷眼看这三千年来人间的纷纷扰扰。可是古人的"神话思维"毕竟挡不住今人的"务实精神"，有人竟会将棺木从悬崖弄下来。虽说棺中人成不了仙，可棺木倒似乎已有些仙气，据说吃了可治百病。所以待到有关人员闻风赶至，只从村民口中劈手夺回这半口棺材。真是"何苦要上青天"！

　　"不，"筏工仍悠悠地评说，"那不是棺材，那是古人上天乘坐的船。他们将船儿泊在那些撑在岩缝的支架——那叫'虹桥'——上，等银河有一天低低地从岸前淌过，就能顺着它漂进天堂。"我的天，怎么我就没想到！唐诗不有云乎："四溟水合疑无地，八月槎通好上天。"八月槎，《博物志》载：一直从前，有人住海边上，发现每年八月总有条木筏从此经过。那人便带着干粮，随之而去。十来天，忽至一处，逢牛郎织女，好家伙，原来已身在天街了！可见做好准备，等待时机，上天还是很有希望的。记得好像是一本什么书里说的，《易经》是人类为追求幸福而设计的。想来不错，我远古先民的"原始思维"中早就有对幸福执着的追求，而且是那么不惜代价想方设法尽心尽力地去追求，这沉重而高架着的船棺不就是明证？

　　竹筏轻轻泊在天峰下，回眸婷婷玉女峰，我恍兮惚兮若有所悟了：这玉女与大王在传说中是对情人哩，如今一水相隔不成了"牛郎织女"吗？这九曲溪不就是人间银河水吗？难怪九曲尽处叫"星村"。古人是由大王峰上溯，渐入佳境，终于上星河之村的。如今我们是从星村放筏直落九曲，那情趣自然不同了。

原载《南方》，1995.01

·海气·

古人将"气"认作生命的运行，万物孰能无气？1985年我曾登上峨嵋金顶观云海，但见舍身岩千仞直下，云雾蒸腾而上，卷成滚滚巨澜，苍茫无际。倏忽间，一阵山风过处，"呀"的一声推开雾门，闪出一方湛湛的青天，云光耀眼，群峰罗列似屿，让人顿悟太白"洞天石扉，訇然中开""日月照耀金银台"的妙境。可惜，刹那之间，又云合雾闭，一片苍茫，令人怅然若失。

十年后，我又偶然遇见相类的境象，但那是在闽南东山海面上。我们一行搞文史的学人在东道主的热心安排下，登上塔屿望海崖。来时，舟冲雾行；此际，人立崖上。看初日用金色手指挑开一角面纱，雾空中现出铜陵镇半面情容。楼台参差突兀，镀上一层金灿灿的霞光，好似圣山上的布达拉宫，令人疑心那只是海市蜃楼。面纱于是缓缓滑落，轻轻笼住半湾碧海，船儿穿行其间，出银入碧，令人陶醉。

的确，"气"是生命的运行。一旦生气灌注，山也罢，海也罢，都现出活灵灵的境界。据说江山能钟灵毓秀，我想，大概就是因为有这股气。眼前就有一证：石斋。这是另一侧的巨石下的一个石洞，据说明末大儒黄道周曾读书其中，命名"石斋"，并取以自号。巨石侧看似鹰，昂然望着碧空，仿佛要凭借四周汹涌的怒潮，乘涛声飞去。遥想当年黄道周，就在此斋中攻读经史子集，眼倦胸闷，则踱出石斋，踽踽独行于嶙峋乱石间，看激流轰浪，海鸟群飞，极目地老天荒，海风猎猎，衣带飘飘，苦苦冥思那天人之际，一气盛衰。故而同是方丈之地，一豆油灯，此斋又岂是"校书阁""项脊轩"之类皓首穷经者的局促书斋所能比拟！这万顷玻璃，一天风雨，化入书中自成经纬；这风吹海立、浪击天弯的壮美，映入心眼必作血性。黄石斋以一介书生，敢屡批逆鳞使崇祯震怒而不惧；以一介书生，敢率几个门生，一旅"扁担兵"，直乱清军铁骑；以一介书生，敢以颈血试锋镝而不悔，是何等气概！"纲常万古，节义千秋。天地知我，家人无忧。"临刑十六字遗书，是一生风节，又是何等从容！岂不有长风浩浩、碧浪滔滔般大海的气度？在这位民族精英身上，又岂不灌注着大海那袭人而来的豪气？

这就是生命激荡的海气！它就是从这片土地、这湾大海蒸腾而起。

原载《厦门文学》1996.01

2016 年修订

崇陵叹

历代帝王中，颇有几位令人怜悯的悲剧人物，像写"一江春水向东流"的李后主，像挥剑斩断女儿牵扯之手去上吊的明思宗……但唯有清光绪帝，于怜悯之外，还让人敬重。这回是因河北大学讲座之便，得以一游清西陵，才又勾起我这段思古的幽情。

西陵在保定往北京的路上。车轮在大平原上滚动，似乎是在健身器上跑，怎么跑也没个尽头。忽而地平线上升起一脉青山，就在群山环抱之中，被雍正帝选中的"风水宝地"呈现在我们面前。

郁郁的松树林子露出黄灿灿的飞檐饯脊。那就是占据西陵中心位置的泰陵。在这广阔的庭院上，曾有无数旗幡飞动，剑戟交错。乾隆帝在宦官宫女、亲王阁部、将帅甲士的拥簇下，向雍正这位不知是怎么死的先帝虔诚地祭拜。如今，龙凤飞舞的汉白玉石阶已破损，包裹着大柱的彩绘也已爆裂，到处是枯萎的豪华，唯有殿前那庞大而精美的铜鼎，还在诉说当年清帝国的昌盛。

与巍峨的泰陵相比，偏在西陵一隅的崇陵称得上是质朴了。崇陵，是光绪皇帝之陵寝。皇帝们总是在生前就为自己建造陵墓，唯独这位可怜的儿皇帝，掌大权的慈禧太后偏不为他建陵。这陵，是作为清室"逊位"的条件之一，是由民国政府为他造的。应当说，民国政府建造时还蛮认真的，其中如通风、排水设施，采用了西方技术；用料也不吝惜，故有"铜梁铁柱"之称。但无论如何，是断断不容有泰陵一般的奢华了。

光绪死于一九零八年十一月十四日，不到二十四小时，慈禧太后也死了，慈禧的阴影至死笼罩着他。

光绪难得之处在于身为专制政治之首脑（哪怕只是名义上的），却赞同并实施对专制政治的变革。他曾对臣下说："朕但欲救中国耳，若能有益于国民，则无权何害！"这话出自皇帝之口，可谓石破天惊。他好比涧边一棵树，情愿自己倒下来沟通两岸。在时代大变革之际，总有些这样的人出现。对这样的人，我总是怀着异样的怜悯与崇敬。

殿宇内透出凄清，我们匆匆看过悬挂两厢的皇帝出殡的旧照片，便转过残破的殿廷来到地宫前。这位早逝的帝王死后也不得安宁——一伙军阀的散兵游勇盗了墓。盗墓者为搜取珠宝，将光绪的尸体拖出棺来。导游指着洁白石板上一处污痕诉说，那就是光绪搁脚的地方，光绪左旁是皇后的棺木，右旁却空着——那本该是皇帝宠爱的妃子安息之位。

我不禁想起薄命的珍妃，珍妃是光绪宠爱的妃子，美丽，识大体，支持光绪的维新变法，因此触怒了慈禧，八国联军入侵北京时，这位勇敢而势单力弱的女性被慈禧活活推入一口小井中。令人不解的是，民国政府为光绪安葬时，也没将她葬在光绪身旁。

我们得去探省一下这位薄命女。

隔一片白杨树林，便是珍妃墓，墓很简陋，像一座小小的砖窑，不远处还有一座一模一样的坟，那是她的姐瑾妃，来伴可怜的姐姐。我们在冬天野地里找不到充奠祭的花，不免增添了一层惆怅。

崇陵，历史册页上的一痕凄凉。但正是有这痕凄凉，使我们感受到历史的沉重。好在噩梦已成为过去。

车离开了西陵，车轮又在大平原上滚动，似乎是在健身器上跑，怎么跑也没个尽头……

原载《炎黄纵横》，1998.03

—•— 头上的灿烂星空 —•—

太阳将西夏王陵塔尖上最后的几根金线也抽回去了。草原潜入墨绿的夜。

离银川该很远了吧，甚至看不到它上空的城市之光。

美丽的夜色多么沉静，
草原上只留下我的琴声……

燃起来，篝火！火舌和着乐拍，一伸一缩，舞者的影子也一长一短，凌乱、蓬勃且旋转。青烟拥一阵野蜂似的火星，轰然四散，带着金蛇游走的曲线蹿上天穹。

我于是发现我们头上的灿烂星空！

可怜的城里人，你们仰望着被城市灯浪冲刷得一片苍白的夜空，无论如何也弄不明白，就那几颗一心想逃走的星星，何以叫"银河"？来，草原之夜告诉你，让你读懂唐诗"星垂平野阔"，无垠的草原将地平线推向极目的远方，天穹的巨弧仿佛同时被撑开而俯下地面。星，晶莹如露般垂在你的头顶。目光透向夜的边缘，离地三尺就有星星升起，升得愈高，愈亮、愈繁。终于天心布满了芒角交错的星星。然而每颗星无论大小，都擦得锃亮，只要认准就能看清；好比一流的交响乐，协奏中能听清每一件乐器的奏鸣。星河有疏有密有厚有薄，最稠处干脆搅成一团星云，犹如碧海中一抹潮头，哗地从头顶涌过，直滑向天穹的另一端。好一道明亮的银河！

许多民族都有这样的传说：天上的一颗星，对应着地上的一个人。

还有什么比这更能鼓舞人心？你想，每个人都能在天上占一席之地，将自己浅浅的蓝光轻轻地、轻轻地洒向人间。不管天穹有多大，星河有多宽，你只要是其中的一颗，你就能闪光！大概是出于这一本心，先人才设计了这个美丽的传说。

此情此景，我的心是如此明净，倒映着一潭晃动的星光。是陶渊明抚弄那无弦琴，是柳宗元独钓这寒江雪；张载写罢"为天地立心"，毕昇排出第一行活字；林则徐伊犁无言回首，邓小平静静地熄灭手中的卷烟……

永恒与瞬间，历史与人生，这是怎样的一种对应？是哪位洋人说的——谁脸上不发光，他永远也不会变成一颗星；是哪位中国人说的——能在雨后水洼中发现星光的人，就是诗人。

擦亮你心中的善，它就是一颗冉冉的星！

康德有如是名言，我在草原上拾到：

我们头上的灿烂星空，
我们心中的道德法则！

原载《闽南日报》，2004.10.13

青藤书屋话青藤

　　你只要在绍兴地面上的小街深巷荒陵野亭随处逛上一逛，就会领略到什么叫"南方之强"。这里有成批成批的名人，比一窝惊飞的黄蜂还要闹。咱们还是选一个僻静的去处看看。

　　青藤书屋就掩映在山光水色小桥深巷中，主人是明代才子第一、沦落也第一的徐渭，字文长，号青藤道人，又号天池道人。

　　深巷的深幽是明摆着的，跟百步开外的酒绿灯红恍如隔世。参观者三三两两疏疏落落。进门是个院落，几竿瘦竹、几株芭蕉，将你引到一个洞门，劈面是一棚绿茸茸的青藤和一方黑黝黝的水池。主人有记曰：

　　"予卜居山阴县治南观巷西里，即幼年读书处也。手植藤一本于天池之傍，颜其居曰青藤书屋，自号青藤道士，题曰漱藤阿。藤下天池方十尺，通泉，深不可测，水旱不涸，若有神异，额曰：天汉分源。"

记中说，当时园中有书楼曰"孕山舫"，舫左有斗室"柿叶居"，其后为"樱桃馆"，还有"酬字堂"，此记题为《青藤书屋八景图记》，似乎要比现存一室一厅的规模大得多。不过，对文人的话也不必太认真，徐文长在另一处题青藤书屋图中又说是"几间东倒西歪屋，一个南腔北调人"。我看这般情景与同郡陶望龄《徐文长传》云其晚年"帱莞破弊，不能再易，至藉稿寝"的处境更相符。

有人说，徐文长的悲剧就在一个"狂"字上，你想，以他多方面的才能，只要随和点，何至于此？他在书画方面的成就，连郑板桥都佩服得五体投地，曾镌一印曰："徐青藤门下走狗郑燮"。至于文学史上的成就，只需引汤显祖一语可知："《四声猿》乃词坛飞将，辄为之演唱数通，安得生致文长，自拔其舌！"徐氏多方面的才能，周亮工曾评为"俱无第二"，全是第一。能得其一枝一节，在当今人才市场上推出，弄个什么"特聘"，想必没问题。即使在当年，也并非无人问津，陶《传》云："及老贫甚，鬻手自给。然人操金请诗文书绘者，值其稍裕，即百方不得，遇窘时乃肯为之。"这大概就是"没有经济头脑"的结果。然而，徐青藤自有其操守。他的"狂"与凡·高那纯生理病态的"狂"并不一样，虽然引锥贯耳，以椎击囊，行为颇相似。陶《传》曾记其病因："然性纵诞，而所与处者颇引礼法，久之，心不乐，时大言曰：'吾杀人当死，颈一茹刃耳，今乃碎磔吾肉！'遂病发。"他把封建礼法视同凌迟之死，不可忍受。于是，青藤书屋成了他的避难所，在泼墨狂草歌啸吟弄中，别造了一个只属于自己的世界。这个世界不容势利者插足，我于是记起徐青藤的一则逸事：曾有个求字画的人，伺机挤进门来，半个身子都探入了，徐青藤急忙死死力抵住门，边推边喊："我不在家！我不在家！"

原载《福建日报》，2001.08.21

——• 杜甫窑 •——

（一）

我总以为，事过则境迁，历史真面目不可能重现。比如，读柳宗元的《登柳州城楼寄漳汀连封四州诗》，作为漳州人的我，就很难靠想象来再现当年"百越文身地"的蛮荒；反之，面对魏窟唐碑，我也很难凭想象来补完什么夏都宋陵或隋仓唐宫当年的辉煌。何况千百年来后人善意却任意的修缮与重构，总是引人离真相愈远。所以，我看古迹，往往持姑妄看之的不恭态度。唯独于巩义南窑湾村仍带本色的杜甫砖窑，却使我依稀触摸到了历史的真身。

（二）

我两次到过南窑湾，每次都留下黄褐色的印象，老琢磨古人的诗句是否写实：

寒树依微远天处，夕阳明灭乱流中。

孤村几岁临伊岸，一雁初晴下朔风。

这是杜甫同代人写巩洛舟行入黄河的句子，而入河拐弯处就是这南窑湾。看来，当年这片土地的植被要丰茂些，空气恐怕也要温润得多。据说，不久前村子里捣衣声犹日夜可闻。虽然明知杜甫六七岁前便离此地寄养洛阳二姑家，但我老依稀觉得杜甫童年"一日上树能千回"的顽皮身影就在这土台上，就在这捣衣声声里。

杜甫窑的好处，就在于它不是群楼围观下的一巴掌文物，或公园栅栏死死护定的一截断垣，它是与整座村落、整道邙山、整股民风所融成的一片境，一块儿留存而构成历史的。

是的，村落的景象、居民的目光、泥土的气息，无不使我直觉到虽无正史为据，笔架山膝下这孔平凡到出奇的窑洞必定是杜甫诞生之地，唯有如此平凡而厚实的黄土窑，才承受得住呱呱落地的中华民族一代诗圣！

（三）

杜甫窑前的西屋外墙，嵌有一块清人"诗圣故里"的碑刻，行草依然明晰。

就像这孔简陋的窑洞在这片黄土地上与巍巍的宋朝七帝八

陵遥遥对峙气势两相高一样，这位耳聋肺病潦倒的"杜陵野老"，居然也能以诗人的身份跻身于圣贤之列而不稍逊！不能不说，这是史官文化一个颇为独特的存在。

（四）

现代人较少称杜甫为诗圣，多呼之为"人民诗人"，因为他最贴近人民生活，最关心人民疾苦，早有定论。不过，在民间，流传故事最多、知名度最高的诗人怕要属写民间疾苦并不多的李白。平头百姓似更喜欢"敏捷诗千首，飘零酒一杯"的浪漫劲儿，还有那份视权贵如草芥的傲气儿。要是当年也来个"民意测验"或选举什么的，"人民诗人"的桂冠兴许得让给李白呢！

顶顶合适的冠冕恐怕还是"诗圣"。诗圣，不但是"圣于诗者"，也就是作诗的行家里手，而且是"诗中圣哲"，为中国封建时代士人真善美的楷模。是的，杜甫诗歌的魅力说到底是人格的魅力。"上感九庙焚，下悯万民疮"，杜甫此联不是将中国古代知识分子肩挑"为君"与"为民"的双重责任感一揽子说尽了吗？

最能体现"士"这一价值追求的诗圣，舍杜甫其谁？

（五）

杜甫窑上是笔架山，人们都说真像笔架。可我看来看去，怎么看都像三个老人围坐看棋局。

夕阳在林间明灭，终于一溜雾气将田野上的皇陵一一拥入怀中。车，渐行渐远，驰离了巩义的夜……

原载《闽南日报》，1995.02.22

—— 无数铃声遥过碛 ——

　　吐鲁番的天多晶莹，连一抹云痕也没有。巨大的弧形泛着蓝光，你都要疑心月儿星儿会挂不住，一溜儿滑下地平线去。这是一方硕大的玻璃，澄澈的深邃，空明中透出神秘的湛蓝，不时勾起你的遐想，似轻烟袅袅，散入蓝天，渐去，渐远……

　　吐鲁番的天就架在赭红的群山之上。火焰山密密的褶纹似无数火蛇直往上蹿，如此热烈！风，不停地移动着沙丘。甚至湖泊也在"漂泊"，测绘人员不时地在地图上改变它们的方位。雪水呢，时而奔突在峡谷，时而钻入地下潜行。人们告诉我，地面上连成虚线的那一串蚁冢似的土丘，底下就是有名的坎儿井，是它们热情地将水邀回地面。如蜿蜒大漠上的长城，那一座接一座凸起的烽火台，正如人们所说的是"大地的心跳"，那么，焦黄的地表下近千道雪水潜流的坎儿井便是吐鲁番的血脉。在这块连汗都来不及出、毛孔就化为蒸气的热土上，我注意到：没人居住的地方，连蚂蚁、苍蝇都不能存活，而只要是有人居，就有绿荫、瓜果、牛羊！是的，只有能挖出坎儿井的吐鲁番人才是这儿真正的造物主。

这是蓝与赭的世界。

仰望蓝天如此深邃，你愈注视，他就愈要离你而去，轻轻挽着你的灵魂上升。俯视热情的大地，她的心跳、她的血脉，吸引着你的肉体，恨不得就消融在她怀里。一吸一引之际，一个小小的人儿，又怎能做出选择？怪不得一旦出了塞，站在蓝天赭地之间的任何一个制高点上，哪怕你根本就不是一块诗人的料，也得拉长思维，逼出一串惊叹！

不幸，此刻我就伫立在蓝赭之交的巍巍交河故城之上。两道雪水自此款款而来，交汇于南端，河谷覆盖着葱翠的白杨，拥着那赭色的中洲，拔地陡起 30 米，好个交河——天然城堡！穿过 2500 年苍莽的岁月，我们望到车师前国之都。中世纪的交河，曾是一个响亮的名字。唐诗人李颀《从军行》唱道：

白日登山望烽火，黄昏饮马傍交河。
行人刁斗风沙暗，公主琵琶幽怨多！

你能想象吗？当年那位弱女子是如何凭借着一把音响微弱的琵琶的慰藉，走完千里万里和亲之路。飘柔的丝绸，曾穿行于铁与火之中。

东边百里开外是高昌故郡。那更是一片文化梦境。《隋书·西域传》云其"都城周一千八百四十步",约合三千四百多公尺,今存废墟恰恰此数。石林般参差的断垣残壁,在地面腾腾的热气中微微扭动着,似闻当年十万蒙古铁骑的践踏声……

然而,眼前只有几驾旅游的驴车,一串疏疏的驼铃。芨芨草紧贴大地,早已向造化匍匐称臣,还有谁敢来夸口这片废墟当年的昌盛?只有大地母亲仍紧紧地搂着伤逝的儿女——那曾经欢声雀跃在丝绸路上的西域文明。就在高昌不远的阿斯塔那墓地,出土了二千七百多件文书。它们能证明,证明高昌当年无比的昌盛!一份唐代天宝年间的账目,犹自言自语地诉说着高昌街市的繁华:店栈林立,行市如云,米面、药材、干果……有位商人,一次就买了三百多斤香料。兴许他是内地客商?他将把这些香料转运何方?他那双精制的靴鞋,定然穿行在这些大街小巷。他可是在为远方的妻儿挑几件可心的礼品,为此耐心地走遍全城?

历史已经过去,历史并没有过去。

雁行的驼队,早已不再穿梭于丝绸古道。欧亚贯通的铁道、公路,正在加紧修建。我漫步在一处据说唐僧曾礼拜过的寺院空阔的庭院内。寺院圆形穹顶在残墙丛中显得十分完美。一峰骆驼默然伫立。它也许曾穿行在风沙大漠古道之中,可如今身旁架着梯子,好让雄心勃勃的游客乘上"戈壁之舟",就地拍张照,过把探险瘾，但它仍默默伫立。

我心头一动，就近买了一对驼铃。我要将它挂在书斋檐下，在淅淅沥沥的南国梅雨中，听驼铃叮咚。让它，送我到遥远遥远的过去，再历蓝天赭地、广漠大荒，补上史书上不见唐诗上见的一课：

无数铃声遥过碛，应驮白练到安西……

原载《闽南日报》，1997.09.21

·雄风再振威镇阁·

　　漳州人说到"八卦楼"，就好比那杭州人提起雷峰塔——即使早已倒塌，也总难以忘怀。

　　八卦楼官名儿叫威镇阁，但老百姓总叫它的土名。她留给我昏鸦落日下的剪影，在印象中是如此端庄而安详。远景都是平面图——南门溪仿佛就从前街屋瓦上淌过。粼粼的波光变幻不定，夕照里化作串串闪烁而流动的珠宝，为八卦楼绕一身璎珞。

　　楼，在"文攻武卫"中轰塌。据说，此后的漳州人"变野了"。老辈人每逢不遂心，就摇头叹息："没了八卦楼，镇不住哇……"

　　威镇阁不能不重建。

　　重建之威镇阁果然八面威风：华表上有云龙舒爪，平台下有玉狮奋鬣。高阁星悬，溢彩流光。丹霞抱寺于前，圆山护田偏右，荔雨蕉风，碧九湖依他作小康；天时地利，"金三角"以我为枢纽，斯阜斯民，有千二百年书院之文明，无十三四里洋场之瘴气。虎年立虎威，来看威镇阁雄风再振！

如何立威？以何为镇？

传说杭州雷峰塔是道行甚深的法海大师所造，不可谓无威，却镇不住一个白娘子！盖邪不压正耳。雷峰塔终于倒掉。而吾漳威镇阁乃百姓心目中镇邪神物，倒了还可以再立！古人云："清明正直之谓神。"只要廉洁、正直、奉公，就有威，就镇得住，就能带领百姓奔小康。君不见"110"（中国警察系统的一项报警便民服务），在商海欲浪中，靠此"三宝"，一苇可航！

这才是我们心中的威镇阁。

原载《闽南日报》，1998.04.05

· 话古榕 ·

城西一道古壕堑，夹岸两溜大榕树，沟水就在树间泛着白光。看那二三人合抱的腰身，少说有百年高龄。当年与小伙伴来这儿玩耍，最爱坐在那石板架在虬根的小桥上，让脚悬着，用脚趾去拨弄水面。你想不出那时这水有多清！明丽的日光透过浓重的榕荫，在地面筛下重重叠叠深深浅浅硬币般大小的无数光圈儿，随风摇曳，恍兮惚兮如在梦境。

大概是缘分吧，后来我家居然就搬到榕树旁了。虽然壕沟水已发黑，树也疏松多了，只剩六七棵古榕。但日日面对这翁翁郁郁的枝枝叶叶，依然使人不期然而然地有五柳先生"自谓是羲皇上人"之想。榕树，榕树，榕树也的确是人见人爱。明代吾漳黄道周有一篇自书《榕颂》，那楷书结体奇崛，或刚或柔，骨气深隐，酷似老榕神态。文章呢，也很传神，尤其这段文字：

"尔其为体，远望之若俯若偃，若飘神峤届于近岸；迩察之若坐长者，环于翠幄，讲论自乐。"

乡前贤黄典诚教授的译文是："说到榕树的形体，从远距离看来好像在低头，好像在仰望，好像飘飘然的神仙，矫健地走到近在眼前的边岸来；从近距离看来，好像坐着老前辈，被青青的帷幕笼罩着，看他们谈笑风生，何等快乐。"黄道周写《榕颂》，是在城西北角芝山下的榕坛中。当时那儿有个紫阳学堂，所以老榕也被形容成老学者了。如今芝山下早没了榕坛，幸好这壕沟旁还有这五六尊老神仙。神仙膝下呢，退休老人下棋打牌讲古弄曲，怡然自得其乐，这儿也就叫"怡园"。

我曾想，要是每个生活小区都有意识地养成这么个好去处，榕荫摇曳中人们都怡然自得，那生活的韵味该有多么清圆！而这座古城自然更令人神往了。可惜现状却倒了过来：近三两年里，这些百龄树却日见其少，眼看着它们一棵接一棵地轰然倒下。它们或倒于风，或崩乎岸，或为店家浓烟长熏致死，或为病虫害啮心而亡。前次台风又横折一树，满地枝叶狼藉。呜呼，怡园从此不再有"环于翠幄，讲论自乐"的一群长者，仅存的一棵老榕孑然独立在苍茫暮色中，似乎在苦苦沉思。如果我们能花点精力，为这些百龄树加固保健，我们今日就不会痛失乐园。

也许城里还另有榕坛？

原载《闽南日报》，1999.11.16

南天铁莲

——乌山游记

应朋友之邀，我等一行五人，同游乌山。九百里乌山跨诏安、云霄、平和三县，是当年游击队出没的地方。我们取道诏安红星乡，直上北蔗村。层层叠叠的梅园熙熙攘攘地簇拥着我们上山。满枝丫的挂果或青或黄，有些还转红，真是"望梅生津"，恨不得将手伸出车窗，亲折一枝尝尝。我的老学生秋平，今天权当导游。他说，要是冬天来，能看到万亩梅花齐放，花风花雨花香，真真叫"香雪海"！就是这些花果，使山乡从贫穷中挣扎出来。

盘山的路，戛然止于山口。我们下车在紫竹林中穿行。不觉间，十里山路将我们托上云端。猛一阵山风驱赶得云流雾淌，抬头仰望，云开处忽地绽出一朵铮铮铁莲——簇起的七八座石峰斜向八方进出，那巨大的莲瓣横压南天。

"青天削出金芙蓉"。不过，在这儿，太白诗中的"金"字要改为"铁"字方确切，因为漫山的石头不知怎的是如此铸铁也似的发黑。秋平见我发问，兴致上来了，抛了一段传说：天荒地老的从前，这山，像海鲜一样生猛哩，它一个劲儿往上长、长、长！恰逢八仙打从天上过，看了大吃一惊，忙不迭地向玉皇老子汇报："了不得，了不得！东南海之交，有座山在疯长，要刺破天庭啦！"玉皇大恐，急差雷师来轰此山。那阵雷呀，打得二佛出世。山，死了；山石，烤煳了，从此，这黑不溜秋的山就叫"乌山"。

说话间，脚也轻快了。峰回路转，眼前一亮，一棵亭亭的大树枝条舒张，向你迎来。"北蔗。"秋平像到了家，说。

好整齐的山村，方方正正嵌在两峰之间。石条垒的房，莓苔斑驳，屋瓦黝黑，和乌山石一色。转小巷，过山涧，是一处小小的草坪。早有一群外省来的游客，叽叽喳喳。几位年纪大的老妈妈正与他们说今道古。一见秋平，话锋便掉转头来："阮（咱）乡的书记腿最勤，这两年钻深山，少说也有几十回！"于是大伙七嘴八舌，从种青梅说到开道路，再到搞旅游，山里人有说不完的话哩！

乌山的景色，就好比上菜，是一道一道地上。我们走一阵看一阵，愈进愈深，愈探愈奇。

那是一石一山，天然一堵墙。只有一行爬藤斜上石脊，似一道缝在石壁上的绿拉链。

那又是一组巨石并肩，是狼牙山五壮士，倚背横枪，毅然昂然，不由你也要绷紧一身筋骨。只有山鸟偶尔一声，脆如断玉，才使你解除紧张。

这是石的方阵、石的旋涡。一位红军老战士的墓，就修在这石旋涡中。这里，曾是中共闽南地委所在地。一条秘密通道在石崖间游走，万窍千门，左穿右穴，一线通天。它是动脉，将这颗搏动的心与闽南人民的血肉相连。我聆听当年白匪围剿乌山火烧北蔗的故事，我亲见其母在战火中将他生在石洞中因而取名"石空"的七旬老人，我吟着摩崖上老战士题刻的诗句……这些史诗使无情石有了生命，有血、有肉、有筋、有骨，有情、有义！

哦，别了，乌山。当万亩梅花再放，我们还会来探望你，南天铁莲！

原载《闽南日报》，2002.04.03

梅花源记

题目没错，我要说的不是桃花源。

诏安县有一个红星乡，红星乡有一个紫梅坑，紫梅坑只一户人家，在万亩梅花拥簇的半山腰，自称是：紫梅山庄。庄主沈老汉，七十多了，身板硬朗着哩。套一句武侠小说的话，叫声："沈老英雄。"

老汉不使刀棍不弄枪，只是承包这片山坡上的百亩青梅园，做干果出口日本国。每年元月，红星乡里里外外上上下下千株万株梅花放，真真是片"香雪海"！花气浮动，直把个紫梅山庄托上云天。

此刻，我们几个城里来的客人，正坐在沈老汉屋前小平台上，悠悠地品着茶，看那雪花也似的梅花随风飘洒，花间时有山泉潺潺，落花"搭便车"，也下了山。我于是捡到诗二句，云：

"十里梅花路，清泉过亦香。"

　　去年上乌山，乡党委书记指着满山遍野的青梅树——枝上已是青果渐露——说，这是一片香雪海，红星乡近年来正是靠它脱了贫。放眼层层梯田，千树万树青梅像锐不可当的士兵，漫山涌上高坡，直逼顶峰。想当年，红星乡人开山植树，该是怎样一个壮阔撼人的创业场面呵！书记邀我花开时再来一游，我爽快地答应了。如今我来践约，书记已荣迁，陪我上山的是新上任的乡长。看他一脸阳光，我相信这万亩梅花将开得更欢。

　　山里人热情，这对长年同住一个楼道却"相逢不相识"的城里人来说，感慨良深。沈老汉听说是有客来，早早就将他埋在老梅树下的青梅酒给起了出来，每人都斟上一碗，非干了不可。他指着一桌的菜道："都是绝对的绿色食品。呶，这白菜、韭菜，是自家种的，不上化肥不喷药，那野兔是今早撞上的，都是还鲜活就下锅的东西哩！吃！"听乡长说，老人本是城关人氏，商战不利，退而上山。当时只为散散心解解闷，不想越住越有味，一住十几年。如今，掌管这百亩梅花与山间清风明月，早已成了十足的红星乡人，机心全息，乐不思蜀了。

　　当我们下山时，老人再三叮嘱同行的书法家，一定要为他写个"紫梅山庄"的横幅，他要制成匾悬在门上呢！

　　峰回路转，车绕着山腰往下走。忽然，车窗前又现老汉的笑脸，他正蹲在前方一处小山崖上，蓦地点响一串鞭炮。原来老汉抄小路赶到车前，再次为我们送行。在噼里啪啦的炮仗声中，我挥着手，为这深情的一幕所动，心想，大自然真有如此魅力，能涤净人心，使人返老还童?

原载《闽南日报》，2003.01.27

鹅湖山下记诗

一看到"鹅湖"这两个字，就油然想起儿时读《千家诗》，里面有一首《社日》：

鹅湖山下稻粱肥，豚栅鸡栖对掩扉。
桑柘影斜春社散，家家扶得醉人归。

朴野气象自能醉人。不意如今年近花甲，却身入诗中画里，恍若故地重游。

鹅湖在江西铅山。武夷千峰万岭自数百里外逶迤东来，至此磅礴峭举，周回四十余里，是为鹅湖山。山中有湖，荷叶田田。传说，晋时有双鹅飞来，见此灵山秀水，便栖留湖畔，生儿育女。来年春天，竟带着百只鹅儿翩然飞去。这里，也就叫作"鹅湖"了。

山中传说朦胧，山下书院却历历。

中国的书院，兴于唐，盛于宋，白鹿洞、岳麓、睢阳、石鼓、嵩阳等书院林立，于官学外另辟别样的教育制度。其中，书院特有的"讲会制"便源自这鹅湖山下的鹅湖书院——准确地说，是先有"鹅湖讲会"，后有鹅湖书院。

所谓"鹅湖讲会"，是指南宋理学与心学的领军人物（"学科带头人"）朱熹、吕祖谦，与陆九渊、陆九龄弟兄在鹅湖寺举行的一次影响深远的哲学论辩。有趣的是，这次对普通人说来是玄奥而枯燥的论辩，却是以三首诗为枢纽的。于是，这次盛会也就成为了道学家搞诗歌创作的一段佳话。第一首是陆九龄写的：

孩提知爱长知钦，古圣相传只此心。
大抵有基方筑室，未闻无址便成岑。
留情传注翻榛塞，著意精微转陆沉。
珍重友朋相琢切，须知至乐在于今。

据说，会上九龄才读到前四句，朱子便说"子寿（九龄）已上了子静（九渊）船了也。"关键就在"只此心"点明了陆九渊心学的基本主张——心即理，世界上唯一存在的是自我的"本心"，万物皆备于我，只要发明本心，心同理同，便能直达真理。这就是陆九渊道德修养的"简易功夫"。然而九龄云："古圣相传只此心"，似乎圣人与凡人有别，与"人皆有是心，心皆具是理，心即理"的主张犹未达一间，所以九渊和诗一首云：

墟墓兴衰宗庙钦，斯人千古不磨心。

涓流滴到沧溟水，拳石崇成泰华岑。

易简工夫终久大，支离事业竟浮沉。

欲知自下升高处，真伪先须辨只今。

这回读到第五、六句，朱子"失色"；读完全诗时，朱子"大不怿"。九渊触及两派分期的痛处了。由于陆氏注重整体体验，认为发明本心只需不时地反省即可，所以轻视读书与讲学。他的名言是："学苟知本，六经皆我注脚！"而朱子则认为"心"是二元的：性为心的未发状态，情为心的已发状态，唯有前者才是与"理"合一的。他还认为，圣人的禀气特殊，心与理纯然合一，所以寻求真理的最佳途径就是研读圣人的经典。陆氏将此途径说成是"支离事业"，自然要让朱子"失色"了。

虽然这次讲会以不合而罢，但会上毕竟做了较充分的交流，此后双方经过反省，对各自的学说都做了调整。尤其是朱子，主动地反省了自己的"不得力处"，写下一首出色的和诗：

德义风流夙所钦，别离三载更关心。

偶扶藜杖出寒谷，又枉篮舆度远岑。

旧学商量加邃密，新知培养转深沉。

却愁说到无言处，不信人间有古今。

这首诗要比前两首有味：五、六句堪称做学问的通则！据说，哈佛大学有陈宝琛一副墨宝："文明新旧能相益，道理东西本自同。"可谓是朱子此联的现代版。是呵，在人类文明日见融合的今日，新学旧学，东方西方，如涌如激，如何是立足点？

边想边看边走，不觉已将鹅湖书院看了个遍，回头又信步上了泮池的拱桥，迎面正是头门后矗立的石坊那背面的题额："继往开来"四个大字。上方有双鸟衔瑞草的图案。我不禁又记起鹅湖的传说——春天，那双鹅带着百只鹅儿拍打着翅膀，扑棱棱地翩然起飞……

———·铁塔·鸟巢·———

　　法国大革命一百周年的 1889 年，法国人最可心的事就是登上高矗云天的埃菲尔大铁塔，重新认识自己居住的城市。这座为世博会建造的铁塔，从外形到内涵都酷似汉字中的"人"字。站在这巨人的肩上，人们认识了自己。层层叠叠的楼房、坑坑洼洼的地面、高高低低的人群车马、迷宫也似的大街小巷……一刹那间失去喧嚣、失去高度，明明白白、平平展展匍匐在登塔者的脚下。人们凭借这无数的钢板铁条的支架，向上、向上，直逼天穹！现代豪情在膨胀——这就是埃菲尔铁塔！

　　一百二十年，四万三千多天，流水般逝去。太多的战争、太多的苦难，锈一般侵蚀着铁塔，消解了人们心中的钢铁崇拜。

　　然而，在与巴黎遥遥相望的东方，另一座巨大的钢铁建筑破土而出！"鸟巢"——北京奥运的荣光。百炼钢成绕指柔。钢，展示其富有弹性的一面。它不再是那对称、僵硬的组合，而是杂而不乱、和而不同的编织。

鸟巢，使人想起归鸟，想起陶渊明的诗：

翼翼归鸟，载翔载飞。
虽不怀游，见林情依。
遇云颉颃，相鸣而归。

像鸟儿自由地翱翔于八表，是人类长久的追求，而我们的先民更讲实际，知道往而复返的道理。人们要奋扬，也要回到原点、再出发！这样可以日新、日日新，直到无穷。

鸟巢，东方的智慧！

原载《闽南日报》，2008.08.16

·"书院"故事·

故事，又叫掌故，前代事例也。

年青时初读东林书院对联："风声雨声读书声，声声入耳；家事国事天下事，事事关心。"不觉心头一动，对书院顿生崇敬之心。如今垂垂老矣，方有缘过岳麓书院，一窥所谓书院之阃奥。

古老的书院没多少游客。

霞光像中东女子的面纱，从岳麓山轻轻地滑下爱晚亭，悄然落在白墙青瓦的岳麓书院堂前。书院露出她那神秘的笑靥。马积高教授的一副对联在霞光中喃喃自语：

治无古今，育才是急，莫漫观四海潮流，千秋讲院；
学有因革，变通为雄，试忖度朱张意气，毛蔡风神。

朱张，指宋代理学家朱熹、张栻；毛蔡，指毛泽东与蔡和森。朱张毛蔡四字的背后，又站着多少时代的精英！王夫之、陶澍、魏源、王先谦、曾国藩、左宗棠、蔡锷、邓中夏……"惟楚有材，于斯为盛"绝不是一句空话。事实上自五代之季至于今，书院一直是官学国子监之类的重要补充，是传播"一家之言"的重要平台。诚如马先生对联所说，教育之关键就在能通世界之潮流，敢于变革，与时俱进。要探得骊珠，就得好好领悟朱张毛蔡的办学精神。此联内涵之丰富，真抵得上一本大著作。我尤其欣赏"莫漫观四海潮流"一句。我们总是把古人当"古董"，以为戴瓜皮帽的"前清遗老"思想必定冬烘守旧，其实未必。"余谓中西二学，盛则俱盛，衰则俱衰，风气既开，互相推助。且居今日之世，讲今日之学，未有西学不兴，而中学能兴者；亦未有中学不兴，而西学能兴者。"你可能没想到，这段话正是"前清遗老"王国维在光绪年间说的。如许大气的话，眼下"引领潮流"的前卫学者有几个说得出？其实无论在多么糟的时代里，也总有一些先知先觉的人、埋头清除荆棘的人。我们以为是时间带来进步，"后来居上"，却忘了那些用自己的创造性劳动推动历史前行的人，没有人推动的历史只能原地打转，前而不进。历史老人是个大大咧咧只算大账的家伙，一路走一路掉。沿着这条道，我们可以捡回许多有用的乃至宝贵的东西。书院有些经验就属此类。

不必舍近求远，我手头就有一部闽南师大宋巧燕教授的专著《诂经精舍与学海堂两书院的文学教育研究》，为我们展现了清代两所书院的内部结构与成功的奥秘。且摘录几句，算是尝海一勺：

"两书院教师的讲授指导和今天的课堂教学不一样，所谓的讲学相当于今天的专题讲座形式。……两书院的教学气氛轻松愉快，学生不但可以执卷请业，择师而从。师生们还常在一起进行热烈的讨论，和一般书院呆板、肃穆的气氛大为不同。阮元首开学海堂课程，即与诸生讲经析疑，'凡经义子史前贤诸集，下及选赋诗歌古文辞，莫不思与诸生求其程，归于是，而示以从违取舍之途'。教师在授的同时，更注重质疑问难的讨论方法。"

"质疑问难"不但在师生之间，在老师之间也应展开。南宋热心提倡书院教育的朱熹，就曾说过"旧学商量加邃密，新知培养转深沉"这样通达的话，而我们反复说要教改，十几年几十年过去，还没走到师生间"质疑问难"，在讨论中教学相长这一步。首先，少有敢于鼓励学生质疑问难的教授，同行之间也少有诚心而不带意气的切磋。就上引清代两书院的经验看，没有一批阮元、俞樾式的真名师（社会公议的，不是某评委会评出来的），高校的教改就行之不远，又怎出得了章太炎、梁启超那样的高才生？这是我们想得到的，想不到的是：作为文科的两书院，当时竟然会关注现代科技发展！考据家阮元会亲自操刀撰写历代天算家传记《畴人传》，辞章家俞樾会校订西方专著《四时格物汇编》，以耄耋之年辑刻《中西武备兵书二一种》。学生习题大量涉及天文、历法、数学、地理等内容，连"赋"这种古老的文体，俞樾也出题曰：《电报赋》。这是书院"观四海潮流"的最好注脚了。他们没喊要教改，却改得连我们也看傻眼。

自从西式的学校教育模式垄断我们的教育以后，书院就被弃之如敝屣。学校从幼儿园到大学，通过"标准答案"的裁刀，将学生切齐打包批量生产出来，固然效率极高（听说现在我们的博士已经比美国多），却也往往阉割了个性与原创的锋芒。即使在西方，现在也都注意到这个问题，正想方设法要克服这一弊病。我国传统的"公学加书院"的教育模式，或许可以提供一种有异于西方的"旧思路"。

马积高先生说得对："莫漫观四海潮流，千秋讲院。"既要跟进四海潮流，也不弃自家千秋之书院。

原载《闽南日报》，2015.09.07

—·鱼山吊诗魂·—

有位当代的诗人说：“小小鱼山，是雕塑诗魂的基座。”坐落在黄河边上的鱼山（今属山东东阿），海拔仅 82.1 米，它托起建安诗人曹植的形象，矗立云天！

雨后的鱼山似一锭横卧的铸铁，是那么坚定不移。西麓有座窑洞式的古冢、芒草萋萋，这便是曹植墓。浅浅的墓室分前、后，都很小，约四米见方，以青砖砌成的四壁空空然。据说，1951年清理该墓时，尸骨尚在，随葬器物 132 件，皆陶鸡陶狗之类常见之物，似乎在诉说着诗人的清苦。

是的，再心高气傲的诗人，也经不起长时期被隔离迁徙的苦楚。鱼山，是曹植生命之旅的倒数第二个驿站。《三国志·曹植传》是这样记载的：

太和元年，徙封浚仪。二年，复还雍丘。植常自愤怨，抱利器而无所施，上疏求自试。三年，徙封东阿。五年，复上疏求问亲戚。其年冬，诏诸王朝六年正月。其二月，以陈四县封植为陈王、邑三千五百户。植每欲求别见独谈，论及时政，幸冀试用，终不能得。……十一年中而三徙都，常汲汲无欢，遂发疾薨，时年四十一。……初，植登鱼山，临东阿，喟然有终焉之心，遂营为墓。

曹操死后，曹子建就一直处在兄长与侄儿的猜忌与迫害中。然而这位"任性而行"的贵介公子似乎懵然不知其中原委，不但不思"韬晦"，还在《求通亲亲表》中声称："若以臣为异姓，窃自料度，不后于朝士矣！"大有"何为生在帝王家"的怨气。这就越发招致猜忌。也正是这样的"赤子之心"，孕育了才高八斗的天才。

对"十一年中而三徙都"的厌倦使害怕寂寞的子建终于选中寂寞的鱼山为终焉之地。这是对"幸冀试用，终不能得"的了然，他只求有个相对安定的"家"。《吁嗟篇》深刻地表现了这一复杂的心情。诗如下：

"吁嗟此转蓬，居世何独然！长去本根逝，宿夜无休闲。东西经七陌、南北越九阡、卒遇回风起、吹我入云间。自谓终天路，忽然下沉泉！惊飙接我出，故归彼中田。当南而更北，谓东而反西。宕宕当何依？忽亡而复存。飘摇周八泽，连翩历五山。流转无恒处，谁知吾苦艰？愿为中林草，秋随野火燔！糜灭岂不痛，愿与株荄连。"

此诗为太和三年徙东阿后作。"转蓬"正是诗人"十一年中而三徙都"的形象，身不由己、随风而转，最后发出肺腑之痛："糜灭岂不痛，愿与株荄连！"荄，根也。有根之草，哪怕有燃骨之痛也比蓬强。

小小鱼山，是身心俱疲的诗人休憩的好地方。登山放眼，黄河萦绕，沃野千里，令人想起子建的《白马篇》，东阿这片空旷的大地正足以让白马王子大展身手，"控弦破左的，右发摧月支，仰手接飞猱，俯身散马蹄"，英灵对此平川，当可一喷胸中积郁！而荡荡黄河，又令人记起《洛神赋》，仿佛那翩若惊鸿的洛神正在凌波微步，若往若还。无独有偶，鱼山上也有座神女庙，唐诗人王维曾为之作歌曰：

坎坎击鼓，鱼山之下。
吹洞箫，望极浦；
女巫进，纷屡舞；
陈瑶席，湛清酤。
风凄凄兮夜雨，神之来兮不来？
使我心兮苦复苦！（《鱼山神女祠歌》）

鱼山神女当然不是洛神，但缥缈的神女总能安抚诗人破碎的心，与子建一样灵心善感的李商隐有诗云：

国事分明属灌均，西陵魂断夜来人。
君王不得为天子，半为当时赋洛神！

　　第一句便揭示了魏帝的阴险。史载：黄初二年，监国谒者灌均希旨，奏植醉酒悖慢，劫胁使者。有司请治罪，帝以太后故，贬爵安乡侯。在政治上，曹植哪是其兄、其侄的对手，真所谓："君王哪得为天子，只合当时赋洛神。"

　　参观过零乱的纪念馆，买了本尘封的小册子，我步出围墙外，回眸子建墓场，寂静而清空。我不禁感慨起来：当不当天子毕竟不一样，我到过清西陵，当年大兴文字狱的雍正皇帝的泰陵，郁郁苍苍，一派虎踞龙盘，哪有眼前这般萧条？文人身后萧条，我们不觉其怪，可怪的是，如此文豪却提不起几个当代名公巨子的雅兴，没几个留下墨宝，致使墓侧那几块日本观光客的石碑显得如此抢眼！哪年哪月，人们才肯以歌颂雍正皇帝般的热情来关注我民族的一代诗魂？能以小小鱼山为基座，铸一座矗立云天的曹植碑！

原载《炎黄纵横》，2000.06

游江滨序

吾漳者，东南之聚宝盆也。群山西来，莽不可收；众水东注，至此徘徊。

此地有肥鱼美蟹，奇石好茶，龙眼荔枝，香蕉蜜柚。山山蕴翡翠之玉，处处飞凤凰之花。沃野丰原，兼潮汕之美食；仁山智水，合厦泉以南强。势连武夷，架高桥以畅道路；气接沧海，辟巨港以张门庭。

依水凭山，铺城列郭。商贾聚散，街衢开阖。迎来送往，化旧出新。木偶作而芗剧兴，凉伞舞而龙舟竞。丝竹沸天，睇遐聆远。声虽复而和谐，城不大以繁华。灯火万家，荡芗水而璀璨；霞光半壁，浸圆山以空明。长堤长兮逶迤，游人游兮如织。

筚路蓝缕，维我先民。持淳朴之风，秉桀骜之气。前贤后彦，士农工商。劈鸿濛，开漳阜。兴教化，务农桑。下台湾，登峒寨。陈公挺剑三尺，朱子刊书四篇。木棉庵前，是乃殛佞锄奸

之地；镇海卫上，斯为抗英击倭之乡。五百壮士下唐山，四迁
垦民过台海。石斋耸其天地节义，语堂评其宇宙文章。况志士
共和，英雄抗日，青史无悔，红楼有灯。每当雾落霞飞，春煦
秋肃；琳宫梵宇，月榭风亭；游客劳人，红巾白发；含和吐气，
漫步长堤；逝水如斯，我思我立。

原载《闽台文化交流》，2010.04

——• 周濂溪祠的兴废 •——

漳州庙观之多，可谓漫山遍野，而儒家祠堂则寥若晨星。幸好，靖城尚存一座小小的周濂溪祠。

九龙江西来，至尚寨村镜山与磨山之间，触巉岩先分后合，砥柱中流者为宝珠岩。明洪武二十九年，由本地士绅黄仁义等首倡，建周濂溪祠于岩上（同祀有其再传弟子朱熹），立社学。周濂溪指宋代理学开山祖周敦颐，曾于庐山莲花峰讲学，峰前有清溪，因取家乡之濂溪名之，后人遂称其为"濂溪先生"。大概宝珠岩形胜似濂溪，故士绅筑祠并倡贡社学于此。

周氏首创宇宙生成图式"太极"，并著《太极图》《太极图说》，这是中国文化史上的大事。现在知之者不多，但提起他的《爱莲说》，许多人都耳熟能详。文曰：

"水陆草木之花，可爱者甚番。晋陶渊明独爱菊，自李唐来，世人甚爱牡丹；予独爱莲之出淤泥而不染，濯清涟而不妖，中通外直，不蔓不枝，香远益清，亭亭净植，可远观而不可亵玩焉。"

从此，"出淤泥而不染"的莲花便成了清高品格的符号。他还有一首诗曰：

"老子生来骨性寒，宦情不改旧儒酸。停杯厌饮香醪味，举箸常餐淡菜盘。事冗不知筋力倦，官清赢得梦魂安。故人欲问吾何况，为道春陵只一般。"

濂溪先生这么说也这么做，一生寡欲而安于清贫。一回，友人去探病，"视其家，服御之物止一敝箧，钱不满百。"这种官，今人怕要疑为外星人了。更具讽刺意味的是：濂溪祠四废四兴，靠的不是他那淡泊名利品格的感召力，反而是"宝珠瑞气多，七子五登科"，能助人取功名的"佳话"。据清人戴京章《重修周濂溪祠碑记》载，自立祠后，此地历代多中举者，后来"岁远祠颓，居民竞取山石，由是科名顿减。"乡里于是忙重修此祠。至今，该祠每逢高考之时，便热闹起来，不亚于寺庙。多年来，我们下死命整旧传统、旧道德，其中最见效的莫过批知识分子的"清高"。现在好了，大伙儿都不再犯傻了，或投笔从商，或弃学从政，真正地"吾从众"了。当然，也就不再狂妄地以"亭亭净植，可远观而不可亵玩焉"自居了。

好消息是：现在又提倡"国学"了，听说孔子学院都办到华盛顿了。国内呢，寺观、孔庙、大宅院什么的都"修旧如旧"

了。而且更令人振奋的是：兔头、鼠头等国宝也纷纷从海外购回。顺便说一句，"修旧如旧"有力地振兴了旅游业，游人如织。

　　不够好的消息是："修旧如旧"还略微有点小小的不足，"金身"是重塑了，可其中的传统文化内涵（比如舍身求法、安贫乐道的精神），却未必重塑。"山不在高，有仙则灵。"庙观祠堂的灵魂还在于其中所蕴含的人文精神。譬如这座周濂溪祠，兴建之初，是为了倡周、程、朱奠定的"道统"，故其旁建"道源亭"以明之，其麓立学社以实之。其灵魂乃在办教育，兴道德。后人兴祠而废学社，只凭一副猪肘几炷香，就想求"功名富贵"，岂不是买椟而还其珠耶？哀哉宝珠岩！

原载《闽南风》，2015.02

问茶

听说清明节前出的茶叫"明前茶"，是经冬发的芽儿，最上乘了。这会来杭州，适逢其时，便请东道主带我往龙井问茶去。

一路车分春色，桃红柳绿在清风中淡然欲散，不觉已到翁家山。村里小楼高下错落，临街人家都摆开又大又深的电炒锅，茶农们边招呼过客，边用戴上白手套的巴掌压抚、翻转着锅底那些新采的嫩芽。据主人说，这村里的茶是被指定为送国宾馆用的礼品茶，连英国女皇都来品尝过她家的茶哩！

不久，每人面前便有了一个明净的杯子。大壶开水高高冲下，茶叶在杯中升腾着，那样子也还是挺好看的。泡了一会儿，站在浮面上那泛着鹅黄嫩绿的茶芽开始陆续降下杯底，像伞兵似的。这时我体会到用高深玻璃杯的妙处，也才品出张岱在《陶庵梦忆》中写雪兰茶那段文字的韵味儿来："百茎素兰同雪涛并泻"，真真是写出了色，还写出了香。只可惜明代杭州人还没用上玻璃杯，所以茶芽沉底的妙趣也就尽付阙如了。

辞别了好客的茶农，来到乾隆帝饮茶处。大概就因为"龙"来饮过，所以叫"龙井"。泉颇清洌，也有雅致的茶馆，有对联曰：

泉从石出情宜洌，
茶自峰生味更圆。

的确，好茶味还得有好泉水、好景色相配才够味儿。我不由记起多年前在武夷山水帘洞那次品茶。丹崖千尺，一泉自崖顶翻然而下，在山风中一半飏为烟、为雾，剩几分拂过人面，悠悠地洒进洞前深处那半亩石塘。我就在距洞不远的一侧山路旁农家用刚砍下的小松木搭成的"茶馆"里喝"小红袍"。自然岩茶与绿茶韵味不同，但彼时与此地，情调却相近。窃以为"情调"二字当在好泉、好景之上。

我看过杭州一处"茶道"表演，焚了香，用台湾泡乌龙茶的茶具泡绿茶，还仿日本女人那样扭捏了一番。茶是宋代就传往日本的，其"茶道"早就日本化了，甭想再泡出中国情调来。其实呢，无论雅俗，无论红茶绿茶，要紧的还在情调。素瓷玉盏，山光水色，还不是求个好氛围？我又勾起了对闽南"海饮"之思。

在吾乡漳州东南角，有个东山岛，堪称是东海上的"夏威夷"：匀圆如珠的沙，翻银滚玉的潮，还有肥厚的云，蓝宝石般的天。酷暑骄阳刚沉下海去，铜陵镇海滩上便渐渐热闹起来。就像雨后草原突突冒出的一片蘑菇，沙滩上刹那间就摆开数百张小桌子，每张桌子都配上一套工夫茶的茶具。随着客人的涌入，一盏盏烛灯亮了，沿岸逶迤，与垂在夜幕下的星星远接，交辉相映，怪不得此滩就叫"星星点灯"！亲朋远客，旧友新知，或三或五，"浴乎沂，风乎舞雩"，在习习的海风中消暑品茶闲话。等就近海面的钓船一归岸，茶摊的主人们与好奇的观光客便一哄而上，拎回刚打来的"小卷仔"（鱿鱼），或烧或烤，由店家制成茶点助兴。这时沙滩气氛达到高潮，灯光笑语涛声茶韵，斯时大俗之雅，恐怕只有海南人吃火锅约略可媲美焉。

看来，品性淡然的茶，也能引发酒一般的豪情。

原载《散文天地》，2001 年第 2 期

收入《21 世纪年度散文选·2001 散文》，人民文学出版社，2002 年

—• 回味 •—

生命只是个过程，不可累计，不管你是活几年还是几十年，总和都一样：是个零。然而，飞驰而过的生命有时又会在大地的某处擦出火花，照亮你的记忆。

多年前一个夜晚，我同友人撑一把伞，在闽江边某段路上徘徊，为的是寻一家小酒店。后来终于弄明白，那店已拆迁。江涛将夜色磨得更浓，我们就近找了另一家小店落座，温一壶老酒，算是温了一回旧梦。

那，还是饥肠辘辘的岁月。我们这些穷大学生偶有几个钱，便会三五成群结伴来小酒家轰饮。常点的菜，是当地常见的酸辣汤和猪头皮。店里腾腾的热气裹着嬉闹声，使一切变得朦胧，好似安徒生童话里卖火柴的小女孩又划亮了一支神奇的火柴。此际出得门来，星光似细雨洒在身上，心中又氤氲着新的幻想。我于是品味到了青春。

无独有偶，我的一位挚友也在他的一本书的后记里写道："漫长的冬夜，为了抗住寒冷，读书熬夜，也是为了抹掉三月不知肉味的耻辱，我们从市场上买回鸡皮熬汤，喝得浑身冒汗，也喝出了眼泪……"这是他读研究生时特有的"辛酸的大欢乐"。

生命，总喜欢在艰难处打个结，加上重点号。我们欣赏大树的奇疤错节，不就是欣赏所表现的生命的顽强？老战士凭吊古战场，老知青回"知青点"，老华侨回破窑洞，莫不如是！莫不如是！

生命只是个过程，好比饮茶，只有细细地品，方能尽其意味。并不是人人都有一部传奇，其实我们拥有的只是平凡。盐，溶于水；生命，溶于生活。哪怕是最平凡不过的生活，也能品出生命的甘醇。

我有个叔叔，是个老实巴交长年在贫穷里打滚的农民。就在那改革春风乍起之际，他独自荷锄上山，就住在山上。每次进城来家，他总是有滋有味地说起他那片新开垦的荔枝园，再三邀请我们去看看。终于，有一年清明，我们上山去看他的"家"——自己用断砖瓦搭起的方丈小屋。里头只有一张竹床，一个烧柴的土灶和一些饭锅茶铛。可屋外的确是春光烂漫：牵牛花漫过屋顶，屋前屋后，花竹迷离。只是老叔已经过世，我们这是来为他扫墓的。看着这满山花果，眼前又浮现老叔那张美滋滋的笑脸。有谁比他更懂得品尝生活？

　　我于是恍然有悟："诗意地居住在大地上"，那诗意，不在小桥流水，不在画阁回廊，不在春雨楼头，不在红杏枝上；它就在你的舌尖——对生活的回味。唐时的郑綮曾意味深长地说道："诗思在灞桥风雪中驴子背上。"此话不假。君不见天才诗人李贺，常骑着毛驴，让书童背着锦囊四处去觅诗？其实，他哪里是在觅诗，他是在品味他那短短的二十七年的生命！"天若有情天亦老"，他品味了人间的大悲欣。最能传此神者，莫过徐文长的《驴背行吟图》。那毛驴儿的蹄，打着轻快的节拍，骑驴人正沉浸在他所经所历的酸甜苦辣之中。诗意，从唇边向四周荡漾开来……

原载《福建文学》，2003.12

小巷

　　又是一条水蛇般蜿蜒的小巷，两壁高墙将我挤向深处的小院。碧透的小溪从头顶淌过——那是小巷上狭长的蓝天。

　　在那摩托车尚未闯进小巷的岁月，徜徉在铺着石板与月光的小巷里是我少年时的爱好，放学后最喜欢钻小学右侧的小巷回家，其中乐趣不足与今之飙车骑士们道。须知小巷之美，全在"幽深"二字。因其幽静，故发人思；因其深邃，故自成境界。试想，空深寂寞的小巷中，蓦然飘出一位持油纸伞的姑娘，雨里丁香也似的文静而忧郁，哪怕是坐禅老僧，乍一见也难免心跳，更何况是诗人戴望舒，能不写出名篇《雨巷》？

　　此可遇不可求者也，我享受到的是另一种乐趣：邻里亲和之乐。邻居们每天"狭路相逢"，叫一声大婶小弟，问一声好，擦肩而过。周末聚在有电视之家（该时代黑白十二寸小电视已属奇珍），开演前张家长李家短一阵闲聊，人际间零距离，如今已恍如隔世。巷间有一小块空庭、一口水井，据说长喝此水可生男孩，至少小巷里我们那辈人的确生男多于生女。人们在水井旁洗衣择菜淘米，冬天太阳明丽，给孩儿洗身子的洗身子，晒衣的晒衣，相互间帮个忙搭个手，不亦乐乎？

我怀念小巷子，更怀念那小巷里氤氲的和气。

━━● 倒影 ●━━

倒影是真与幻的交响曲，她隐瞒了一些细节，却又夸张了另一些细节。

一只掠水的白鹭在绿潭中化为一道白色的光，流星儿似的耀眼。

难道碧玉也能融为流动的蜜？它推挤着一凹沉沉的墨色，揉出粼粼的波光，

忽然抱住一团怯生生的艳红。顺着那水蛇般扭动的曲线往上看，出了水面是一杆亭亭玉立的红莲，周边拥着几伞碧绿的荷叶。

妻在楼下弹着吉它，呼嚓呼嚓。晃动的躺椅像一叶扁舟。

记忆似梦。一脚踩进西南大溶洞，两掌宽的小道梗在万仞

峭壁之半。我屏住呼吸，不敢往下看。导游笑着说：那是倒影，水其实不到二指深。定睛一看，果然，小道下面的峭壁与悬在上面的峭壁如同蝴蝶的两扇翅膀，折过来可以叠合。

千年纹丝不动的止水哟，你反映得太逼真了，反而使人不辨上下，难分真幻。

我蓦地醒悟：严沧浪何以要以"水中之月"论诗。

——• 读"吃饭" •——

儿时常看人吃饭，"眼中伸手"，对准的是那大人们下酒的花生米。困难时期听"吃饭"，同学们挤在操场一角晒太阳，听他人说各样饭菜，津津地涎出，叫"精神会餐"。现在"垂垂老矣"，胃肠不好，不妨来个读"吃饭"。

外国书不知怎样，中国书描写吃饭的倒不少。且不说《红楼梦》里凤姐儿介绍刘姥姥吃茄子的"名段"，或《水浒》中随处可见的"熟牛肉切 × 斤来！"将吃饭写得既雅又入情的，我就读到一些。其中有画家郑板桥当县太爷时写的《范县署中寄舍弟墨第四书》：

"十月二十六日得家书，知新置田获秋稼五百斛，甚喜。而今而后，堪为农夫以没世矣！要须制碓、制磨、制筛罗簸箕、制大小扫帚、制升斗斛。家中妇女，率诸婢妾，皆令习舂揄蹂簸之事，便是一种靠田园长子孙气象。天寒冰冻时，穷亲戚朋友到门，先泡一大碗炒米送手中，佐以酱姜一小碟，最是暖老温贫之具。暇日咽碎米饼，煮糊涂粥，双手捧碗，缩颈而啜之，霜晨雪早，得此周身俱暖。嗟乎！嗟乎！吾其长为农夫以没世乎！"

碎米饼，糊涂粥，捧碗缩颈，暖老温贫，写来味足情长，显出"一种靠田园长子孙"的简朴而自足的气象来。不过，一踏出"自足"的门限，美就可能变为丑，好比酒会成了醋。钱锺书《写在人生边上》就有一篇《吃饭》，写尽社交场上把饭给自己有饭吃的人吃，自己有饭吃而去吃人家的饭，以及将名画山水名胜乃至别的什么来下饭之类的吃饭百态，读之令人喷饭。夫在请吃饭已成为普遍"公关"手段之今日，拈出板桥家书于舞余饭后读之，我想于胃于脑皆不无益处。其实呢，"山不在高，水不在深"，美食不在乎多或贵，而在乎能否体味物之美，有美食家的味蕾与心态耳。小米葵菜可谓粗矣，然而仍有其味在，试一读杜甫诗，不能不感悟惜物、格物可尽物之美焉。诗云：

"白露黄粱熟，分张素有期。已应春得细，颜觉寄来迟。味岂同金菊，香宜酌绿葵。老人他日爱，正想滑流匙。"

原载《福建日报》，1995.12.19

屋前空地

赶上城里人都住进高楼套房，一家家用铁笼子锁定，这才怀念起昔日老式房子屋前那一小方空地来。小时候看到的无论大瓦房还是茅草屋，总有那么一块屋前空地。有人种株桑，孩子们每到春雷响后便都小手里握一把桑芽，蹬蹬蹬忙着喂蚕宝宝去；有人则种几棵芭蕉听雨，或一株火红的茶花驱寒；大户人家还有在大庭院里安口大缸养几骨朵荷花的，那香味儿漾开来，你便会"宛在水中央"，大可消暑……一方空地，是一方乐土。如今哪，想要在高楼种芭蕉，那是童话。

说到童话，我倒记起前些天有个晚上，我与妻照例饭后散步，此时没街灯的地方已经黑乎乎的了，却看到有个刚放学的七八岁女童，背着个吓人的大书包溜达着，一蹦一跳渐去渐远，没在车流中。我猛然省悟：就剩这小段回家路上，是她的"屋前空地"。我不禁怀念起昔日的小学，学生竟有那么多自由支配的时间！

　　半个世纪前，吾乡林语堂先生就大叫过："我们精神上的屋前空地太缺少了！"为此他写了一本《生活的艺术》，大讲东方悠闲生活的艺术。此书大受忙忙碌碌的美国人的青睐，风靡一时。如今轮到我们也进入高楼大厦车水马龙外加信息爆炸的现代化生活，难怪此书以各种版本又出现在我们的街头。大概消闲书也就是"我们精神上的屋前空地"了。如此看来，近几年市面上消闲书虽然还不至于"铺天"，却也着实是"盖地"（地摊）而来，也就意味着我们有大片的"精神上的屋前空地"了。低头细思，似乎并不尽然。我想，"屋前空地"之所以宝贵，就在它是处于"屋前"，如果是一片空旷的荒野，也就无所谓"屋前空地"了。愈是壮美的现代化高楼大厦，那屋前空地也就愈加可贵。故而只有精神生活已经相当充实的人，"精神上的屋前空地"才是一种必需。对一个无所事事整天与鸟笼蟋蟀斗鸡打交道的人，消闲书恐怕只算是瓦砾旁的又一片废墟而已。因此，对某些正在看消闲书的人，我们该做的事恐怕是先劝他们去看不那么消闲的书。还有一层，"屋前空地"如何安排也很重要。种桑、种竹，还是种芭蕉？或来个西式草坪？这恐怕要以配什么"屋"为准。据说，马克思是以解数学难题作为消遣的，而毛泽东则喜欢来一首唐诗宋词。有一本什么杂志上还说到数学家苏步青，闲时宁可背诵一段《左传》（或《史记》？），古典文学研究家程千帆呢，则迷上金庸的现代武侠小说。可见"消闲书"只是相对于本人专长的学问而言，严肃的书也可以"消闲"，不一定是什么小品幽默。而且里面似乎还有个道理：消闲不一定就要"吃软怕硬",君不见硬核桃乎?敲开来挺好吃的。困难见巧,自是另一种消闲。

原载《福建日报》,1997.10.24

—• 夜读的乐趣 •—

　　虽说"枕边夜读"是种享受，只是我早就不敢枕边读书了。盖古人拿的是线装本，轻且柔，任你"漫卷诗书"或卧或坐无不相宜，自然也是一种享福。而今呢，书的部头大，纸质也好，沉甸甸一册在手，仰而读之，好比捧块砖，简直是在练武功！

　　"枕边"固已不敢，"夜读"倒还有之。一提"夜读"，不免要记起古人的囊萤、悬梁、刺股之类可怕的苦读来。我一直怀疑苦读的效果，也因此更神往那种不计功利的散读。林语堂在《生活的艺术》中曾将这种散漫之旅写得田园诗般闲适——

　　"一个人尽可以拿一本《离骚》或一本《奥玛·迦奎》（Omar Kyayyam），一手挽着爱人，同到河边去读。如若那时天空中有美丽的云霞，他尽可以放下手中的书，抬头赏玩。也可以一面看，一面读，中间吸一斗烟，或喝一杯茶……"

　　可是懂得如此消受的人并不多见，更多的是上夜班的环卫工作一般，拉着板车，急匆匆地将那一袋袋文化垃圾装运走。本着"一次性"的现代消费精神，人们将那些肥皂剧一类的趣闻逸事掌故案例像吸烟似的吞进即吐出，不留痕迹——其实在肺部早已留下污染。因此我更欣赏语堂先生所说的另一种"精神融洽"的读书。虽然也是散漫地拉杂读之，但不失读者的主体性，所追求的是"沉思的境界"，"而不是单单去知道一些事实经过的读书"。德国哲人叔本华也认为，读而不思无异让人代替自己思考，自家的脑子倒成了人家的跑马场！所以爱夜读的人首先珍爱的是那了无干扰如水般平平静静的夜的环境，以便任你斟酌古今、平章家国，灵气往来而自得其乐焉。是以夜读之乐不必在枕边席梦思上，只要有思之环境便无地不乐。故费尔巴哈安于荒村僻壤，达摩大师也不妨嵩山面壁，而吾乡黄道周则于茫茫淼淼烟波一小岛上乱石丛中一盏灯下，甲夜读经乙夜读史，听急流轰浪沉思天人之际，成就了一代大儒。

话说回来，我辈无望成圣贤而只是以夜读消闲的凡人，也一样可以"我思故我在"地从夜读中得沉思之趣。比如昨夜读培根的随笔，有一节说到机遇，他说："它（时机）先给你一个可以抓住的瓶颈，你如不及时抓住，再得到的就是抓不住的圆瓶身了！"一想到平生老在抓那滑溜溜的圆瓶身，真叫人唏嘘不已。可人生又好比一场足球赛，抢呵、顶呵、带呵、失呵、得呵，好不容易一脚射门——偏踢在门楣上！没进球叫人懊恼，但我们毕竟踢了一场球，到底不是观众。漫漫岁月，须知更多的是没什么机遇的日常。禅家云："平常心是道。"没抓住机遇的人尤其要抓牢这"平常"。如此看来，夜读而思，也是领悟生命的一种有效形式。

原载《艺术生活》，1999.01

"绘事后素"背后的"常识"

学习，学与习侧重点不一样。初读、听课、记笔记是"学"，复习、练习是"习"，后者重在有所思考，反复地思考。这本不是什么新玩意儿，此时忽地发起感慨来，是因为自己近来闭户漫卷旧书，才发现以为没问题的"常识"老是出问题，这才痛感反思的重要。

二十世纪八十年代看宗白华《美学散步》（上海人民出版社1981 年版），对老先生将"绘事后素"与《易经》中的贲卦联系起来讲很有印象。后来读李泽厚《论语今读》，"绘事后素"翻译为："先有白底子，而后才绘画。"（安徽文艺出版社 1998 年版），觉得有点"现代化"，查了一下杨伯峻《论语译注》，译成："先有白色底子，然后画花。"（中华书局 1980 年版），与李的意思差不多，大概都是根据朱子注："后素，后于素也。"（《四书章句集注》中华书局 1983 年版），这才放心——白底最好画画，这是常识，本板上于是钉上一钉。不料这回重读《美学散步》，看仔细了是：

贲者饰也，用线条勾勒出突出的形象。这同中国古代绘画
思想有联系。《论语》记孔子的话："绘事后素。"（郑康成注："绘
画，文也。凡绘画先布众色，然后以素分布其间，以成其文。"）
《韩非子》记"客有为周君画荚者"的故事，都说明中国古代绘
画十分重视线条。

宗先生分明是认同郑玄的注，先布色再勾白线，所以将"绘
事后素"与"画荚"归为"都说明中国古代绘画十分重视线条"。
今之专家或以为绘事先要有打稿，有粉本、素描、白描，然后
才有五彩图纹之功，专家于是称："对于传统绘画来说，这其实
是常识。"而郑玄者流的"注经家们不懂"。我想这大概是古与
今之间隔膜所引起的误会。

我常劝诫学生，学习古代文学最好一手执历史地图册，一
手持历史纪年表，因为同一概念在不同时空都会有不同的具体
内涵。嘲弄被《后汉书》称为"网罗众家"的学者郑玄不懂"传
统"画工绘画过程，要一千八百年后的我辈来告诉他当年的"常
识"，未免大意。郑玄不知，今日之绘画"常识"是当然，但他
看过汉代画工操作是必然，不同时代自有不同的"常识"。"绘
事后素"先见于《周礼·考工记》之《画缋》云："凡画缋（绘）
之事，后素功。"孔子所谓"后素"，是从"后素功"来，故"后
素"仍是以素为最后的功夫，不是什么"后于素"，以免添字解
经之嫌。《周礼》引郑玄注："素，白采也。后布之，为其易溃

污也。""后素功"未必是由于溃污，但无疑是当年画工的程序。须知《考工记》是讲工艺之书，所指绘事与画在素线上之绘画有别，多指器皿、车乘上的绘事（或许还包括"深衣"衣口的"纯以缋"），底色颇杂，先布众色再以显眼之白色勾勒轮廓，或用鲜明的白色点醒（现存敦煌壁画颇常见），应是当时之"常识"。把白色勾线说成"白描"未尝不可，但不等同后代的素描、墨线勾画的白描或粉地，更不是什么"打草稿"。

有一事应提醒：古人作文并无后来的语法标准，分什么主谓宾，只强调上下文，或依前贤格式而已，所以我们一定要在整体中把握文脉，然后再参照今日的语法去理解。《论语·八佾》：

子夏问曰："'巧笑倩兮，美目盼兮，素以为绚兮'何谓也？"子曰："绘事后素。"曰："礼后乎？"子曰："起予者商也！始可与言《诗》已矣。"

"素以为绚兮"一句尤为重要！明明说的是以素为绚，是美的极致，"一张白纸""打草稿"是美的极致吗？且看《卫风·硕人》第二章；

手如柔荑，肤如凝脂，领如蝤蛴，螓首蛾眉。巧笑倩兮，美目盼兮。

最后一句"素以为绚兮"现存《诗经》没有，只见于孔子所引，应当是逸诗（据说孔子亲自整理过诗，但为什么没补上这一句？看来他老人家是否增删过诗还有点可疑）。前五句都是借物为喻，接下来两句是直取该美女本色之美。素的本义是生帛，其本色是白，故又引申为"本色"义。宗白华将他列为"中国美学史中重要的问题"之一，并与贲卦联系起来，深衷应在此。《文心雕龙·情采》有云："贲象穷白，贵乎反本。"周振甫先生的翻译是："《周易·贲卦》的卦象探索到本源是白的，着重在保持原来的本色。"（《文心雕龙选择》，中华书局1980年版）。本色美是中国文化的一种美学理解，所以宗白华说："中国向来把'玉'作为美的理想。玉的美，即'绚烂之极归于平淡'的美。"（《美学散步》）。孔子强调"后素"之目的，就在于强调"反本"，让绚烂归于本色。这才是问题的实质。

孔子很重视诗的感动力，将它当成联想的跳板，曰："兴于诗，立于礼，成于乐。"（《论语·泰伯》）。由诗感发联想而归诸礼，好比跳远，终究要落在沙坑里。但使用者不少时候只是借诗的语言表达自家的想法，甚至与诗的原意不相干，叫"用诗"，春秋时代很流行。孔子这回还用老办法，从诗跳到礼。子夏也很乖巧，接下说："那么礼也是后面的功夫吗？"大得孔子的赞赏。礼在什么东西的后面？子曰："人而不仁，如礼何？"（《论语·八佾》），又说："博学于文，约之于礼。"（《论语·颜渊》），这不是在仁、文的后面吗？这句讲得更明白："君子义以为质，礼以行之。"（《论语·卫灵公》）。正义、仁义、德义才是本质，礼是饰也，先要有好的气质这才"文之以礼"也。礼是饰，荀子讲得颇深透：

凡礼，事生，饰欢也；送死，饰哀也；祭祀，饰敬也；师旅，饰威也，是百王之所同，古今之所一也。（《荀子集解·礼论》）

看来，礼是要使各种情感现象更规范、更完美。所谓"人文"者，首见于《易·贲卦》卦象："文明以止，人文也。观乎天文，以察时政；观乎人文，以化成天下。"以文教化人就是"文化"。所以礼饰不只是装饰，更有以礼义教化天下的意思。人，才是教育的对象，是根本的根本，没有人，礼还有什么用？

子适卫，冉有仆。子曰："庶矣哉！"冉有曰："既庶矣，又何加焉？"曰："既富矣，又何加焉？"曰："教之。"（《论语·子路》）

庶：众也。这里指人口繁盛。讲"明明德"，讲礼义，归根结底还是为了人，先要让人活下去，繁衍起来！这不也是"礼后"的意思吗？孟子讲得更斩绝："乐岁终身苦，凶年不免于死，此惟救死而恐不赡，奚暇治礼义哉！"（《孟子·梁惠王上》）

儒学精义不在斯乎？这在习儒的古代士子，不过是"常识"，今天却要费心力去耙梳一番。

——• 画语再思录（三则）•——

一、"似"与"不似"

白石老人曰："作画妙在似与不似之间，太似为媚俗，不似为欺世。"虽曰作画，实指其效果。似什么？不似什么？参照系是现实世界之事物，当属反映论。石涛则曰："不似之似似之。"又曰："名山许游未许画，画必似之山必怪。变幻神奇懵懂间，不似似之当下拜。"特以"不似"拟其"似"，直指艺术创造之理法，可谓透彻之悟。盖景物入人之眼，必受心灵之同化（情景），心灵亦因景而顺化（陶冶性情），此时情景互动浑融，你中有我我中有你，俱非原初各自独立的情与景。景激情，情入景，相与摩荡，融为意象。此象已超然乎物理，无关似与不似，却"中得心源"，"惚兮恍兮，其中有象"，此象乃画家师造化而再创之象也，唐人乃标曰"兴象"，甚是恰当。兴者，起也，引发想象者也；象者，被心灵所同化之表象，非物理之原初形态也，是为"不似"。然则，不可触摸之情感形象需借可视见之直观形象表达之，是为"具象化"，故又曰"似之"。如"仁山智水"——仁者之厚重借山之稳重表达之，智者之机敏借水之灵动表现之，此乃以实涵虚者也。其间之"似",是格式塔心理学所谓的"异质同构",某种性格特征上的类似耳。以上种种合而言之,便是石涛所谓"不似之似似之"。通俗一点讲,优秀的画家总是能从具体的山水草木中抽取其视觉表象,输入自家的思想情感,变其形质,成就自家独创的艺术意象,好比冬虫夏草,异质而同构也。

清人方士庶《天慵庵随笔》称:"山川草木,造化自然,此实境也。因心造境,以手运心,此虚境也。虚而为实,是在笔墨有无间……故古人笔墨具此山苍树秀,水活石润,于天地之外,别构一种灵奇。"以笔墨"别构一种灵奇",摄像机瞠乎其后矣!

二、"搜尽奇峰打草稿"

如何以笔墨"于天地之外,别构一种灵奇"?石涛题山水画有曰:"搜尽奇峰打草稿。"有人据此认为石涛提倡写生,即与临摹相对,直接描写生物景象。是,但不全是。与西方的写生、日本的写真不同,石涛并不主张摹拟大自然。"打草稿"三字应细参。潘天寿《听天阁画谈随笔》乃云:"'搜尽奇峰'是选取多量奇特之峰峦,为山水画布置时作其素材也。'打草稿'即将所收集之画材,自由配置安排于画纸上,以成草稿,即经营布陈也。"此言有得,然犹有未尽者。

石涛之深意似不在"经营位置",而在乎"气韵生动"。"搜尽奇峰"不重积累画之素材,重在体验——审美体验,是所谓

"蒙养"过程。审美体验使人对事物认识深化，超越表象，进入情感的深层，发现属于自己的美。故其《画语录》曰："山川使予代山川而言也，山川脱胎于予也，予脱胎于山川也，搜尽奇峰打草稿也，山川与予神遇而迹化也。"文中明明白白指出"搜尽奇峰"的过程就是"山川与予神遇"的互动过程，也就是我顺化于自然而自然亦同化于我的双向建构的过程。综观石涛画语与画作，知其体验专注在"气韵生动"。在"山川与予神遇"的互动中，他体味着山川内蕴的宇宙生命的律动；而"打草稿"的过程就是"迹化"的过程，是画家思考如何以笔墨将眼底心中领悟到的这种律动化为可视可感之"迹"，也就是化为艺术形象的关键，是将审美体验凝定为艺术形式的问题。正是在这一节点上，有作为的画家突出其审美的主体性，使"山川脱胎于予"，则借助自然激发灵感，因心造境，于天地之外别构一种灵奇是也。

"搜尽奇峰打草稿"还有进一层的意思：要从众多的奇峰中提炼出无往不在的天地精神之"奇"来，所以他自称"我是黄山友"，遍画黄山，却又称"余得黄山之性，不必指定其名"（《清湘老人山水册》九图）。既得山川之精神，抉出生气，换去皮毛，又何必以"黄山"为名哉！此论对今之"写生"者必有大启示焉。

三、"骨的含义是结构"

吾漳旅台画家沈耀初先生画语不多，却颇能发唱惊挺，一新耳目。如曰："画画特别要重风骨，骨的含义是结构：一是对象结构,即对象的客观存在;一是画面结构,要重视对象的结构,又像又不像。"前一个"结构"颇有"骨架"的意思,后一个"结构"显然是指画中构成意象的笔墨形式。故又曰:"每一笔都是一个形状,一个大的形状虽先设计好了,还要许多小的形状组合后把它表现出来。

直指骨的含义是结构,只要看过沈画的人都会明白这是他一甲子创作的甘苦之言。他的线条住往粗而短、厚而拙,有些还处于线与块之间,有很强的体积感。这让我记起法国大雕塑家罗丹的名言:"没有线,只有体积!"沈先生用这种独创的厚重的线条直接"编织"、"塑造"出形象,包括上色。如此线条,既表现动的走势,同时表现了静的稳定,正是生命律动的辩证形态。真实中没有不具备体积的线条,"每一笔都是一个形状"。这对以线条作为主要表现形式的中国画无疑是一种极具开拓性的新认识。

—·假设与求实·—

　　我向来服膺胡适之的"大胆假设，小心求证"，从已知推测乃至猜想未知，不就是人类探索世界的不二法门？不过不久人们就发现，一有了假设，不期然而然地会"按需求证"，那些不合假设的材料往往会因其"不入眼"而被"视而不见"，从而引发错误。问题出在如何求证。怪不得胡先生说要"小心"！

　　你想，人类历史与宇宙历史他"老人家"比起来不过是个"娃娃"，积累的经验与知识能覆盖多大一块世界？已知之外存在着多少可能性！以很有限的已知推测无量数的未知，岂不是以蠡测海？然而有限手段毕竟是手段，牛顿不是从一粒落下的苹果逐步推导出万有引力这一天才的理论？可是再灵验的药方也只能治愈某类病，何况同类病的病情还因人而异；同理，牛顿的理论只"猜对"物理的一部分，终究还要被相对论、量子理论等所取代或补充，但人类知识也因此进了一步。对求证中的偏差，中医解决的办法是用药时来个"经方加减"：不断因个别具体的病情进展或增或减药材的品种与分量，在调节中根据现状不断纠偏与改错以期解决问题。这与"成人一天两片，儿童一片"的死药方大相径庭。说到底正确的东西本就藏在错误之中，"为道日损，损之又损"，只有不断减少、排除错误才能让"道"——正确的东西，逐渐显露出来。这是"减法"。《世说新语》中有一段故事，说是庾公造访周伯仁，问曰："君复何所忧惨而忽瘦？"答曰："吾无所忧，直是清虚日来，滓秽日去耳。"发现错误何必忧惧？应当将它看成是解决问题的开始，让"滓秽日去"才是硬道理。

考证从某个角度看，就是发现并纠正偏差错误。

对中国上古史的求证是一个生动的事例。自古以来，中国史据说始于五帝三王，但司马迁已认为"荐绅先生难言之"，可看成是一种"假设"。既然是假设，必然包含着正确与错误两种可能，只有通过质疑与实践才能审查其是与非，或者孕育出此假设外的新假设。真正的批判来自"五四"时期，空前未有的思想大解放促成史学界"疑古"思潮的涌起。正是对上古史的质疑促进了中国考古学的长足进步，读书人开始"动手动脚找东西"，大量地下文物的发现一方面否定了疑古派对夏商周存在历史的否定，但同时又证实"滚雪球"式的民族国家的形成过程：仰韶文化、龙山文化的发掘为夏商周文明找到比五帝三王更坚实的源头，而中原以外发现的良渚文化、红山文化、三星堆等一系列考古成果又驳正了"华夷之辨"的谬误，百年考古证明了中华文明来自中原文明、吴越系文明、蜀系文明与燕辽文明等多源头，夏商周之承接是不同文明集团之间血缘与文化的融合过程，其中对礼乐文化的认同是值得重视的要素，由此形成多元一体的伟大文明。这是一个旧假设被审查、改进或补充证实与新假设产生的过程，是假设与求实的完美结合。更新的假设还要出现，不断提出问题，不断求证，再提出新假设……这就是前进。

我向"大胆假设，小心求证"致敬！